青鸟童书
只做对得起时间的书

The Jungle Story
丛林故事

[英] 吉卜林 著

陈磊 译 菜嘻嘻 绘

北京理工大学出版社
BEIJING INSTITUTE OF TECHNOLOGY PRESS

图书在版编目（CIP）数据

丛林故事 /(英) 吉卜林著 ; 陈磊译. –– 北京：
北京理工大学出版社, 2022.4
　ISBN 978-7-5763-1026-9

Ⅰ.①丛… Ⅱ.①吉… ②陈… Ⅲ.①儿童故事—作
品集—英国—现代 Ⅳ.①I561.85

中国版本图书馆CIP数据核字(2022)第028391号

出版发行 / 北京理工大学出版社有限责任公司
社　　址 / 北京市海淀区中关村南大街 5 号
邮　　编 / 100081
电　　话 / (010) 68914775 (总编室)
　　　　　 (010) 82562903 (教材售后服务热线)
　　　　　 (010) 68944723 (其他图书服务热线)
网　　址 / http://www.bitpress.com.cn
经　　销 / 全国各地新华书店
印　　刷 / 三河市金元印装有限公司
开　　本 / 880 毫米 × 1230 毫米　　1/16
印　　张 / 12.5　　　　　　　　　　　　　责任编辑 / 封　雪
字　　数 / 125千字　　　　　　　　　　　文案编辑 / 毛慧佳
版　　次 / 2022 年 4 月第 1 版　2022 年 4 月第 1 次印刷　责任校对 / 刘亚男
定　　价 / 69.00元　　　　　　　　　　　责任印制 / 施胜娟

目　录
contents

莫格里的兄弟们

蝙蝠蒙昭告着黑夜来临，
鸢（yuān）鹰兰恩把它带回了丛林。
牛群被关在牛棚和小屋里，
我们要一直狂欢到黎明。
这是展示力量、彰显荣耀的时刻，
露出你们的爪子和尖牙吧。
嘿！快听那号令声！
祝你们捕猎顺利，
遵守丛林法则的森林子民们！

——《丛林夜之歌》

晚上七点，习欧尼山里非常暖和，狼爸爸睡了一整天后醒了过来，他舒活了下筋骨，打了一个哈欠，爪子一个接一个地伸直，直到把睡意全部赶走。此时，月光照进了山洞里，狼妈妈还在窝里躺着，她把自己那大大的鼻子横在四只翻着筋斗、呜呜叫着的幼崽身上。

"嗷呜！"狼爸爸嚎叫了一声，"该去打猎了。"

他正要跳下山时，一个长着毛茸茸大尾巴的小个子来到了狼洞口，呜呜地说："祝您好运，狼大王。祝您尊贵的孩子们也都有好运，愿他们的白牙结实又尖利。希望您永远不会忘记，在这世上还有像我们这样忍饥挨饿的可怜虫。"

说话的是一只豺狗，他名叫塔巴奎（kuí），这家伙专吃别人的剩饭。印度的狼都鄙视塔巴奎，因为他满肚子阴谋诡计，还喜欢撒谎，他平时靠在人类村庄的垃圾堆里翻找一些破皮烂果来填饱肚子；但他们也害怕塔巴奎，因为他比丛林里的任何动物都更容易犯疯病，他发起疯来会忘了自己原先胆小如鼠，会在丛林里乱窜，谁挡了道就扑上去咬谁。塔巴奎一旦发疯，就连老虎都要退让三分，因为犯疯病对丛林里的动物来说是最羞耻的事。这疯病就是人们所说的狂犬病，丛林动物们称之为"德瓦力"，谁要是遇上了犯疯病的动物就得赶紧躲开，免得惹祸上身。

"想找吃的就进来吧，"狼爸爸不高兴地说，"只可惜洞里并没有。"

"对狼来说是没有，"塔巴奎说，"可对于像我这样卑微的豺狗，一根

骨头就算是大餐了。我们是谁？我们是豺狗，我们从不挑三拣四。"塔巴奎快步跑进狼洞，找到了一根带点碎肉的鹿骨头后，便坐下来欢快地啃了起来。

"真得感谢这顿美餐，"他舔着嘴巴说，"您家这些高贵的孩子长得真漂亮！他们的眼睛真大！又是如此年轻！实在是，实在是……我早该知道，大王的孩子们从小就出身不凡，与众不同！"

塔巴奎当然也和别人一样，知道当面赞美别人的孩子是很不合适的，但只要能看到狼爸爸和狼妈妈不舒服的样子，塔巴奎就很开心。

塔巴奎静静地坐着，陶醉在自己刚才玩的小花招里，接着他又别有用心地说："大首领希尔汗已经转移了领地。他跟我说，等明天月亮升起来的时候，他就会到这边的山里来捕猎。"

希尔汗是一只老虎，他住在距这里二十英里①远的威冈加河河畔。

"他没那个权利！"狼爸爸生气地说，"根据丛林法则，如果没有事先告知，他就无权更换领地！他会惊跑十英里内所有的猎物，这会给我的捕猎增加难度，而且这些天我必须去找双倍的食物才能让孩子们也填饱肚子。"

"他的妈妈并不是无缘无故管他叫'瘸腿'的，"狼妈妈镇定地说，"他生下来就瘸了一条腿，因此他只能捕杀家畜。现在他把威冈加村的村民都惹恼了，就跑来我们这里胡闹。村民们会放火烧掉丛林来搜捕他，到时他能一溜了之，但树丛被烧光后，我们便没有了藏身之地，只能带着孩子们逃

---

① 英里：英制长度单位，1 英里 ≈ 1.6 千米。

走。说起来，我们倒要感谢希尔汗呢！"

"需要我向他转达你们的谢意吗？"塔巴奎故意问道。

"快滚！"狼爸爸打断了他，"滚出去找你的主子吧！今晚你使的坏够多了！"

"我这就走，"塔巴奎不慌不忙地说，"你听，希尔汗就在山洞下面的灌木丛里呢，要是早知道他已经来到这儿了，我就不用特意来通知你了。"

狼爸爸仔细地听着，他听见老虎在谷底的小河边上发出既单调又粗鲁的怒吼声，听起来他像是什么也没有捕到，而老虎也不在乎是否整个丛林里的动物都听到了他捕猎失败后的叫声。

"蠢货！"狼爸爸说，"今晚的捕猎还没开始他就发出这么大的声音，他以为我们这里的雄鹿跟威冈加的肥牛一样蠢吗？"

"嘘……他今天晚上要捕捉的可不是什么雄鹿或是肥牛，"狼妈妈说道，"他想吃人。"

老虎的吼叫变成了一种嗡嗡的呜咽声，听起来就像来自四面八方。有时候，正是这种声音令睡在野外的樵（qiáo）夫和吉卜赛人不知所措，他们会被吓到慌不择路，结果正好落入虎口。

"他居然还想吃人？"狼爸爸露出满口洁白的尖牙说，"呸！难道池子里的甲虫和青蛙还不够他吃的，他还要吃人？况且又是在我们的领地上！"

丛林法则从不做任何无缘无故的规定，它禁止任何兽类吃人，除非是动物们在教幼兽如何捕猎的时候，而且还必须在自己的族群或者部落的猎场范围以外才能捕猎人类。定下这个规矩的原因很简单：如果杀了人，丛林兽民们早晚都会遭到人类的报复。白色皮肤的人类会骑着大象，手里拿着猎枪杀进丛林；成百上千棕色皮肤的人类也会敲着锣、拿着带火的弓箭、举着火把跟在后面。那时，丛林里的所有生灵全都会遭殃。兽类为自己立下这样的规矩也是因为人类是所有生灵中最弱的、最没有防御心的种族，袭击人类一点儿都不光荣。他们还说动物吃了人类后就会得皮肤病，甚至连牙齿都会掉光，这种说法并非危言耸听。

老虎希尔汗发出的呜咽声更大了，随着一声全力发出的"啊呜"声，他扑向了猎物，接着又是一声哀嚎，那也是希尔汗发出的声音。

"他没抓到猎物，"狼妈妈说，"到底是什么情况？"

狼爸爸往洞外跑了几步，他听见希尔汗惨叫着倒在灌木丛中打滚。

"这个蠢货肯定是不小心跳进了樵夫的火堆里，烧伤了爪子，"狼爸爸咕哝道，"塔巴奎也在他身旁。"

"有什么东西上山来了，"狼妈妈说着猛地竖起一只耳朵，"准备战斗！"

灌木丛中发出细微的沙沙声，狼爸爸蹲下身子准备跃起。接下来的景象是世上最精彩的一幕：狼爸爸在弹跳的半途中停了下来。原来他还没看清自己要扑的猎物时就起跳了，跳到半空的他在看清之后，便立刻试图停下来，结果就导致他在跳起四五尺高后，又在原地着陆了。

"是人类！"他高声说道，"是一个人类的小娃娃。快看！"

在狼爸爸的正前方，站着一个棕色皮肤、全身赤裸、才刚学会行走的婴儿，他的手里正抓着一根树枝。以前还从未有过这么柔嫩、可爱的小家伙带着满脸的笑容在晚上来到狼窝呢。他抬起头看着狼爸爸的脸笑着。

"是人类的娃娃吗？"狼妈妈问，"我还从没有见过呢。叼过来让我瞧瞧。"

在必要的时候，狼习惯叼着自己的幼崽移动，他们的嘴能叼着一颗蛋而不咬碎。狼爸爸用嘴巴叼着小孩的背把他和自己的狼崽们放在一起，他的牙齿一点儿也没有擦伤人娃娃。

"他的个头可真小啊！这么滑溜溜的，而且胆子还挺大呀！"狼妈妈柔声说。小孩在这些狼崽中推挤着，想给自己找个暖和点儿的地方。

"哈哈！他也和咱们的宝宝一起来吃奶了。这就是人类的小娃娃啊。到目前为止，有谁听说过狼群中有一个人类的小娃娃这种事吗？"

"我倒是听说过类似的故事，但在我们的族群里还从没发生过这种事，"狼爸爸说道，"他身体上没有一根毛发，我用一只脚就能踩死他。但是你看，他还抬着头看着我，一点儿都不感到害怕。"

月光被挡在了洞外，因为老虎希尔汗的大方头和肩膀探进了山洞。塔巴奎跟在后面，吱吱地叫着："大王啊，我的大王，我刚才看见了，小娃娃就

是从这里进去的！"

"原来是希尔汗啊，你可真够赏脸的。"狼爸爸生气地说，"你想干什么？"

"我来找我的猎物。一个人类的小崽子到这洞里来了，"希尔汗说，"他的父母都逃走了，快把他交出来！"

正像狼爸爸说的那样，希尔汗之前确实跳进了樵夫的火堆里，它正在因脚上的灼伤而怒不可遏。但狼爸爸知道，狼洞的洞口过于狭窄，老虎不可能钻得进来。就像现在，希尔汗的肩膀和前爪都被挤得没法动弹，如果把一个人装进木桶里，他肯定也会这样挣扎。

"我们狼族可是自由的族群，"狼爸爸说，"狼族只听从族群首领的指令，并不听令于任何身上带着斑纹、只杀牲口的畜生。这个人娃娃是我们的，要杀掉也得看我们愿不愿意。"

"什么叫你们愿不愿意？你们的意愿算得了什么？凭我杀了这么多的公牛起誓，难道还要我把鼻子伸进你们的狗窝，来寻找自己应得的猎物吗？这可是我希尔汗的命令！敢违背我的命令，定会让你们付出代价！"

老虎的咆哮使整个山洞发出一阵轰鸣。狼妈妈抖开身上的狼崽们，往前一跳，她的眼睛就像黑暗中两个绿莹莹的月亮，直视着希尔汗凌厉的双眼。

"那么我，'魔鬼'拉卡莎就来回答你！你这个瘸子，这个人娃娃是我的！我们不会杀了他，他以后要和狼族一起奔跑，和狼族一起捕猎！看看你这家伙，竟然想捕杀一个小小的、光溜溜的人娃娃，活该你平日里只能吃青蛙和鱼。他长大后会反过来猎杀你的！所以，我也要以我猎杀过的大公鹿来起誓（我可从来不吃挨饿的牲口），你给我滚回你妈妈的身边去，你这个蠢到被火烧伤的家伙！要是不想变得比你刚出生时还要瘸，就快点儿给我滚！"

狼爸爸吃惊地看着狼妈妈。他几乎不记得当初自己是在公平地打败了其他五只狼后才艰难地娶到了狼妈妈，那时她在狼群里被称为"魔鬼"，这称号一点儿都不夸张。

希尔汗也许敢和狼爸　　　　　爸单挑，可他却不敢和狼妈妈对着干，因为他也知道，在这里，狼妈妈占据着绝对优势，肯定会把他往死里咬，所以他嚎叫着从狼洞口退了出来。希尔汗吼道："狗都会在自己的地盘上瞎吠！我们就等着瞧吧，看狼族会如何对待你们收养的这个人崽子！这个人崽子是我的，他最终还是会被送来填我的牙缝，你们这群长着蓬松尾巴的贼！"

狼妈妈喘着粗气倒在几只狼崽当中，狼爸爸严肃地说道："其实希尔汗说的还是有道理的。这个小娃娃必须让整个狼族过目。你还是坚持要养着他吗，狼妈妈？"

"当然要养！"狼妈妈喘着气说，"他光着身子来到这里，还是在夜里，孤零零的，还饿着肚子。但他一点儿都不怕！你瞧，他都把我们的孩子推到一边儿去了。那瘸腿的屠夫肯定会杀了他后逃回威冈加去，而这里的村民会搜遍我们的巢穴进行报复！养着他？我当然要收养他了。躺好吧，小青蛙。噢，莫格里，我要叫你小青蛙莫格里。总有一天，会轮到你去猎杀希尔汗的，就像他现在捕捉你时一样。"

"但我们的族群会不会同意呢？"狼爸爸说道。

丛林法则明确规定，任何一只狼结婚之后都可以从所属的狼族退出，但只要他们的幼崽长到能站立，就必须要被带到狼族议会上让大家过目。议会在每个月的月圆之夜召开一次，也是为了让其他狼都能认识这些孩子。狼族检视完幼崽后，他们就能自由地奔向自己想去的任何地方，在他们杀死第一头公牛以前，狼族里的成年狼不得以任何借口杀死任何一只狼崽。如果抓到这样的凶手，对他们的刑罚就是处死。

狼爸爸等到自己的狼崽们稍微能跑了，选了一个召开族群议会的晚上，把他们和人娃娃莫格里，还有狼妈妈一起带去了议会岩，那是一处覆盖着石块和鹅卵石的山顶，大到可供一百只狼藏身。孤狼阿凯拉无论是在力量上还是计谋上都配得上他狼族首领的身份，此时他正伸直身子趴在属于他的岩石上，在他身下坐着四十只甚至更多体形、毛色各异的狼。有长着獾（huān）色皮毛、能独自猎杀一头雄鹿的老狼，还有刚三岁，自以为也能独自捕猎的年轻的黑狼。如今，孤狼阿凯拉已经领导他们一年了。阿凯拉年轻时曾有两次掉进捕狼的陷阱中，还有一次被人类狠狠地打过后被当成死狼丢在一旁。因此，他对人类的习惯和行为方式了解得很清楚。

在议会岩上，大家都很少说话。狼崽们在父母围坐的中间互相打闹，时不时有一只老狼静静地走到一只狼崽面前，细细打量着他，然后又无声地走回自己的位置。有时，狼妈妈们会把自己的狼崽们推到月光下，以免他们被大家漏看。

阿凯拉在自己的岩石上喊道："你们是知道规矩的，你们是了解规矩的。看仔细了，狼族成员们！"

接着，焦虑的狼妈妈们也会接着喊道："看吧！看仔细了，狼族成员们！"

关键的时刻到了，狼妈妈脖子上的毛紧张得竖了起来，狼爸爸把"小青蛙莫格里"推到了圆圈中间，在月光下，人娃娃一边笑一边玩弄着闪闪发亮的鹅卵石。

阿凯拉一直没有把头从爪子上抬起来，继续用单调的嗓音喊道："看仔细了！"

突然，一阵低沉的吼声从岩石后方蹿出，声音的主人是希尔汗："那个小崽子是我的，把他交给我！你们这群自由狼族要一个人崽子干什么？"

阿凯拉自始至终连耳朵也没抖一下，他只是说着："看仔细啊，狼族的成员们！自由狼族除了内部首领的命令，谁的命令都不需要听从！看仔细了啊！"

一阵低沉的嚎叫声应和着，一只四岁的年轻的狼重复着希尔汗的话给阿凯拉听："自由的狼族收留人崽子做什么？"

丛林法则规定，如果狼族对于是否接受一个小崽子发生争议，那么这个小崽子必须拥有除他父母以外的另外两名族群成员的认可，才能被整个族群接受。

"谁能为这个人娃娃撑腰？"阿凯拉问道，"在自由狼族中，谁想为他说话？"狼群中没有回应，狼妈妈做好了为莫格里而战斗的准备，她知道如果打起来，这可能将是她生命中的最后一战。

然后，狼族之外唯一一位被允许参加议会的动物用两只后腿直立站了起来，那是平日里昏昏欲睡的棕熊巴鲁，他负责教授狼崽们丛林法则。老巴鲁可以随着自己的意愿在丛林里来去自如，因为他平时的食物以坚果、根茎和蜂蜜为主，不会因为狩猎的地盘和其他食肉动物起冲突。

巴鲁咕哝着说："人娃娃……这里有人娃娃？我要为人娃娃说话。收留一个人娃娃也没有坏处啊。我说不出什么动听的话，但我说的都是实话。让他跟狼群一起奔跑吧，让他和其他狼崽一起学习吧。我亲自来教他。"

"巴鲁已经为人娃娃撑腰了，"阿凯拉说道，"他是狼崽的老师，他有这个资格。但人娃娃还需要一个声音为他说话，还有谁？"

一只黑影跳进圈子里，是黑豹巴希拉。他浑身像墨一样黑，但他身上的豹斑在月光下看起来就像是绣着波纹的绸缎一样。大家都认得巴希拉，谁都不敢挡他的道。因为他和塔巴奎一样狡猾，和野水牛一样英勇，和受伤的大象一样不顾后果，不过他的声音却像树上滴落的蜂蜜一样甜美，他的毛皮比丝绸还要软和。

"阿凯拉，还有你们这群自由的狼族，"巴希拉咕哝道，"我没有资格列席你们的会议参加讨论，但丛林法则规定：要是对于如何处置一个新成员有疑问，但又不需要把他置于死地，那么这个崽子的性命是可以用一定的价钱来赎（shú）买的。丛林法则并没有规定谁能买谁不能买，我说得对吧？"

"说得对！太好了！"一群总是挨饿的年轻的狼叫道，"就听听巴希拉怎么说吧。这个人娃娃可以花一定的价钱来赎买，丛林法则就是这么规定的！"

"我知道我没有资格在这里发言，但是我请求你们听我说。"巴希拉说道。

"那你就快说啊！"几十只狼一齐叫道。

"杀死一个赤身裸体的小崽子是可耻的。再说，等他长大后，说不定还能为你们猎得更多的食物呢。现在，如果你们愿意根据丛林法则接受这个人娃娃，除了巴鲁为他说话之外，我会出价一头公牛，而且是一头肥硕的公牛，来买下他加入狼族的权利，公牛就在离这里不到半英里远的地方，如何？这件事听起来并不难办吧？"

几十个声音喧闹地叫喊着："这有什么关系？他会在冬雨里冻死，会被烈日烤焦，一个光溜溜的人娃娃能碍我们什么事啊？就让他和狼群一起奔跑吧。那头公牛在哪呢，巴希拉？我们接受他了！"

阿凯拉的嚎叫宣告了事情的圆满解决："快过来看仔细了啊，狼族成员们！"

莫格里仍然被手中的小石头深深吸引着，他并没注意到狼族成员们一个个地过来打量着他。最后，他们都下山去找那头死公牛了，只剩狼王阿凯拉、黑豹巴希拉、棕熊巴鲁和莫格里自己家族的成员们留了下来。希尔汗还在黑夜中怒吼着，他对于莫格里没有被转交给他一事非常气愤。

"呵呵，如果希尔汗想吼只能趁现在了，"巴希拉从胡须下面吐出声

音，"总有一天，这个光溜溜的小东西会令那只瘸腿老虎的声调变成哀嚎的，如果结果不是这样，那就算我不了解人类。"

"干得好，"阿凯拉说，"人类，还有他们的幼崽是非常聪明的。需要时，他会帮得上忙的。"

"说得对，需要时他一定能帮得上忙。因为没有谁能永远率领一个族群。"巴希拉说。

阿凯拉没有说话。他知道总有那么一天，族群的首领会失去力量，变得越来越弱，最后他会被狼群杀死，那时会出现新的首领，而新的首领也会有被接替者杀死的那天。

"把他带走吧，"阿凯拉对狼爸爸说，"就像训练自己的孩子一样训练他吧。"

就这样，莫格里凭借一头公牛的价钱以及巴鲁的撑腰，加入了习欧尼山中的狼族。

简单想象一下这十多年里莫格里在狼群中所过的精彩生活吧，因为要是把它写下来，能写出好多本书。莫格里在一群狼崽中长大，尽管这些狼崽在他还没有长成一个小孩之前就长成了成年狼。狼爸爸教授他如何捕猎，还有丛林中所有事物的含义。草丛中的每一阵沙沙声、夜间温暖空气中的每一声呼吸、头顶上猫头鹰的每一声鸣叫、蝙蝠在树上栖息时的每一道擦痕、池塘里每一条小鱼溅起的每一道水花，对他来说都像公务对于一名商人那样再熟

悉不过。不学习的时候，他就坐在外面的太阳地里睡觉，然后吃饭，再回去睡觉。如果莫格里觉得身上脏了、热了，就跑去森林的池塘里游泳；他想吃蜂蜜了就爬到树上去够，这些技能是棕熊巴鲁教给他的。巴鲁告诉他，蜂蜜和坚果就像生肉一样好吃。黑豹巴希拉则躺在树枝上喊："快来啊，小兄弟！"起初，莫格里只能像树懒一样紧贴着树干，但后来他就能像灰猿一样大胆地在树枝上荡来荡去了。在议会岩上，他也有了属于自己的位置，当狼族开会时，他发现如果自己紧盯着一只狼，那只狼就会被迫放低自己的视线，所以他就习惯了紧盯着别的狼来取乐。其余时候，他也会帮自己的狼族朋友们从脚掌上挑出长刺，因为狼群对于扎在肉里的刺和毛皮上缠绕的刺球一直都感到苦恼。晚上，他会下山走到人类耕作过的土地上，好奇地看着那些村民，但是他不相信人类，因为巴希拉曾指给他看过一个非常巧妙地隐藏在丛林中的方匣子，上面装有活门，他差点儿踩了上去，巴希拉告诉他那是人类设的陷阱。他最喜欢的事情就是和巴希拉一起走进森林里温暖而黑暗的深处，昏沉沉地睡上一整天。到了夜晚，他就观看巴希拉是怎么捕猎的。巴希拉饿了就去找猎物，莫格里也是，但只有一种动物他们绝对不会去猎杀。莫格里刚能明白事理时，巴希拉就告诉他永远不能去猎杀牛，因为莫格里是用一头公牛的性命为代价才得以进入狼族的。

"整个丛林里的猎物都是属于你的，"巴希拉说，"等你强壮到能够捕猎的时候，你可以猎杀一切动物，但看在买下你的公牛的分儿上，永远也不要猎杀或啃食任何一头牛，不管年轻的还是年迈的。这是丛林法则。"莫格里严格地遵守着这一点。

莫格里不停成长，身体也越来越强壮，他终于长成了一个男孩子该有的样子。因为他并不需要像人类的孩子一样完成学业，除了寻找食物外，他不需要考虑别的事，这样他自然会把身体锻炼得很强壮。

狼妈妈曾告诉过莫格里一两次，让他小心希尔汗这个家伙，她还告诫莫格里，将来有一天他必须杀死希尔汗。一只狼崽可能会每时每刻记住这个警告，但莫格里却把它忘了，因为他只是个人类小男孩，如果会讲人类语言，他会把自己叫成"狼"的。

他在丛林里经常碰到老虎希尔汗，因为阿凯拉已经年老体衰，这只瘸腿老虎就成了狼族中很多年轻的狼的好朋友，他们跟在希尔汗身后吃他的剩饭。如果阿凯拉还有能力严格执行自己的首领职权，他是绝对不允许手下的这群狼这么做的。不仅如此，希尔汗还会奉承和挑唆这群狼："为什么你们这些勇猛又年轻的好猎手愿意被一只垂死的老狼和一个人崽子领导呢？"

希尔汗说："他们告诉我，在议会上你们甚至都不敢直视那个人崽子。"那些年轻的狼听到老虎的话后毛发倒竖，生气地嚎叫起来。

巴希拉在各处都有自己的眼线和耳报，于是听说了一些跟希尔汗有关的此类事情，有一两次他对莫格里说了很多，他说希尔汗总有一天会来杀了他。莫格里就笑着答道："我不怕，因为我有整个狼族作为后盾啊！而且我还有你，还有巴鲁，尽管他很懒，但他也会为我出手打架的。我有什么好害怕的？"

这一天非常暖和，巴希拉想到了一个让莫格里快速成长的新点子，他可能是从豪猪伊奇告诉他的一件事中想到的。在丛林深处时，他把这个想法告诉了莫格里，男孩正枕着巴希拉漂亮的黑色毛皮，躺在他的身上。

"小兄弟，希尔汗是你的敌人，我跟你说过多少次了？"

"就和那棵棕榈（lú）树上的果实数量一样多，"莫格里说，他自然是不会数数的，"怎么了？我很困，巴希拉，希尔汗不就是尾巴长点儿、说话声音大点儿，就和孔雀马奥一样嘛。"

"现在可不是睡觉的时候。你是他的敌人，巴鲁知道，我也知道，整个狼族都知道，就连愚蠢得要命的鹿都知道。塔巴奎也曾经告诉过你这一点。"

"哼！"莫格里叫了起来，"塔巴奎刚才对我说了一番无礼的话，他说我是个赤身裸体的人崽子，连刨花生都不配。于是我拎起塔巴奎的尾巴，把他往棕榈树上摔了两下，我要让他懂得什么是尊重！"

"你这么做真傻，塔巴奎虽然是个喜欢嘴上逞能的家伙，但他也会告诉你一些对你有利的事情。睁大你的眼睛吧，小兄弟。希尔汗在丛林里是不敢杀你，但你要记住，阿凯拉已经非常年迈了，很快，他就没法再猎杀雄鹿了，等那一天到来时，他就不再是狼族的首领了。而在你第一次被带到议会岩时打量过你的那些狼们也都老了，年轻的狼都会像希尔汗教他们的那样排斥你，狼群的议会里将没有人崽子的席位。而且你很快就要长大成人了，你要学会自己保护自己了。"

"长大成人又怎么了？长大了就不能和兄弟们一起奔跑了吗？"莫格里说，"我生活在丛林里，我遵守丛林法则，我帮助过所有狼拔出他们爪子上的刺，他们当然会认为我是兄弟。"

巴希拉直直伸展身躯，半闭起眼睛，他说："小兄弟，用手来摸一下我的下颌（hé）。"

莫格里把他那壮实的棕色手掌放了上去。在巴希拉丝绸般顺滑的下巴下面，光滑的毛发遮盖着几大块肌肉。在那里，莫格里摸到了一小块光秃秃的皮肤。

"在丛林里，谁也不知道我的身上有这个记号，这是被人类套过颈圈的记号。还有，小兄弟，我是在人类世界里出生的，我的妈妈就死在人类世界里，死在奥狄博尔国王皇宫的笼子里。也是出于这个原因，当你还是一个光溜溜的小家伙时，我才会在狼族议会上付出代价买下了你。是的，我也是在人类世界中出生的。以前，我从没见过丛林。他们把我养在铁栏杆后面，用铁锅喂我，直到有一天，我意识到自己是巴希拉，是黑豹，而不是人类的什么玩物，我用爪子一挥就打断了愚蠢的栏杆，我逃走了。因为我学到了很多人类的东西，在丛林里我变得比希尔汗还要可怕。不是吗？"

"是的，"莫格里回答道，"整个丛林里的动物都害怕巴希

拉，除了莫格里。"

"哈哈，因为你是一个人娃娃，"黑豹非常温柔地说，"就像我回到了属于我的丛林里一样，你最终也必须返回人类世界，回到你的兄弟人群中去，如果你在议会上没有被其他的狼杀掉。"

"为什么？为什么会有狼想杀掉我？"莫格里问道。

"看着我。"巴希拉说。

莫格里沉着地看着他的眼睛。大黑豹不到半分钟就扭过了头。

"这就是原因，"他说着把爪子放到树叶上，"就连我也不能直视你的眼睛，况且我还是在人类世界中出生的，我爱你，小兄弟。那些年轻的狼恨你，他们都不敢和你对视，因为你很聪明，因为你帮他们从脚上挑出过刺，因为你是人类，和他们不同。"

"这些东西我不懂。"莫格里不高兴地说，他那又粗又黑的眉毛皱了起来。

"丛林法则是怎么说的？先进攻再出声。就因为你平时太不谨慎了，他们才会认为你比较好对付，所以你要小心点儿！阿凯拉现在每次捕猎都要费很大的劲才能按住公牛，我知道，当他下次捕猎再失手时，狼族就要反抗他了，然后再收拾掉你。他们会在议会岩举行丛林会议，到那时……到那时……我想到了！"巴希拉说着跳了起来，"你赶紧下山到谷底人类居住的小屋去，去取点儿他们种在那里的'红花'来，这样，当时机到来，你就会拥有一个比我和巴鲁或其他爱你的狼族成员更强大的朋友。快去取'红花'来！"

巴希拉说的"红花"就是火，丛林里没有动物能叫出火的正确名字。它们都极度惧怕火，还发明了成千上万种的称谓来描述它。

"红花？"莫格里说道，"是他们在黄昏时种在屋外的那东西吗？那我去取些来。"

"这才是人娃娃该说的话，"巴希拉骄傲地说，"记住，是种在小盆里的那种。迅速取一来，然后保管好，以备不时之需。"

"好的！"莫格里说，"我一定去。但你能确定吗？我的巴希拉……"他双手环抱着黑豹漂亮的脖子，用大眼睛深深地盯着他，"你确定这些坏事情都是希尔汗的阴谋吗？"

"凭我砸破枷（jiā）锁逃出来的经历发誓，我确定，小兄弟。"

"那么，我就以买下我的公牛起誓，我要让希尔汗为此付出代价！可能还要多付一点儿呢。"莫格里说着一蹦一跳地走开了。

"终于成人了，终于完全长成大人了，"巴希拉自言自语着躺了下来，"希尔汗啊，你十年前妄图猎杀'小青蛙'时给你自己带来的不幸即将应验了！"

莫格里跑出森林，他越跑越远，跑得很猛，心里充满着希望。当傍晚的雾升起时，他回到了山洞里，吸了一口气，看向下面的山谷。狼崽们都出来了，但是狼妈妈还待在洞里，她从莫格里的呼吸声中就能判断出有什么事情正在困扰她的小青蛙。

"怎么了，儿子？"她问道。

"我听到了希尔汗说的一些蠢话，"他回头说，"今晚我要去耕地那里捕猎。"

他在灌木中开辟出一条道路，一直到谷底的小溪边。他在那里停了下来，因为他听见了狼群捕猎时的叫声，还有一只大公鹿被围猎时发出的哀嚎和他走投无路时的喘息声。紧接着传来了年轻的狼们充满恶意的嚎叫："阿凯拉！阿凯拉！让首领展示下一力量吧。让我们狼族的首领先上！跳啊，阿凯拉！"

阿凯拉肯定是跳起来后没有抓住猎物，莫格里听见他的牙齿"咔嚓"一声咬空了，然后大公鹿用前蹄撞翻了他，他发出一声痛苦的叫喊。

他没有再看下去，而是埋头赶路，狼群打猎的声音在他的身后越来越微弱，他跑进了村民的庄稼地里。

"看来巴希拉说的都是真的，"他倚靠在某个小屋窗下的一些牛饲料上喘息着，"明天对于阿凯拉和我来说是至关重要的一天。"

然后，他把脸紧紧地贴在窗户上看着地上的火堆。他看见男人的妻子站起身后，在黑暗中用黑色的团块添柴加火。黎明来临了，晨雾一片洁白，透着寒意。他看见人类的小孩拿起一个内部糊满泥的柳条筐，给里面装满了又红又烫的木炭块，接着就走出去照料牛棚里的母牛了。

"就这样简单？"莫格里说，"如果连人类的小娃娃都能拿起'红花'，那就没什么好怕的。"他绕着屋角迈开步子，碰到了那个小男孩，他从小男孩手里抢走了火罐，之后消失在了晨雾里。小男孩被吓得坐在地上哭了起来。

"他们长得很像我嘛，"莫格里说着往火罐里吹气，因为他看到那个女人也是这么做的，"这个东西，要是我不喂它，它就会'死'掉。"所以他就往那红色的东西上丢了些小树枝和枯树皮。

在上山的半路上，他碰到了巴希拉，他外皮上的晨露像月亮石一样闪烁着光辉。

"阿凯拉失手了，"黑豹说，"他们本想在昨晚就杀死他的，但还想连你也一起收拾，昨晚就开始在山上找你了。"

"我当时在耕地里呢。我准备好了。你瞧！"莫格里举起火罐。

"很好！我曾看见人类往这东西里面扔干树枝，很快，干树枝一端就开出红色的花。你难道不怕吗？"巴希拉说。

"不怕。我为什么要怕？现在，我想起来了。如果不是在做梦，在我还没变成狼之前，我曾躺在这样的红花边上，那时我感到又温暖又舒服。"

整整一天，莫格里就坐在山洞里照看他的火罐，他把干树枝伸进去看它们会变成什么样。他找到了一根长度令他满意的干树枝。晚上，塔巴奎来到山洞里粗暴地下达指令，说狼群正在议会岩等着莫格里，要他马上过去，

莫格里大笑起来，直到把塔巴奎吓得跑开了。然后，莫格里大笑着去了议会岩。

孤狼阿凯拉躺在曾经属于他的岩石边上，这意味着狼族首领的位置空了出来，而希尔汗和他那些吃剩饭的追随者们正大摇大摆地走来走去，一副志得意满的样子。巴希拉靠着莫格里躺下，火罐就放在莫格里两膝之间。等大家都聚齐了，希尔汗开始说话了，而在阿凯拉卸任前他根本不敢这样做。

"他没这个权力，"巴希拉低声说，"你就告诉希尔汗，你是个狗崽子。他肯定会吓坏的。"

"自由狼族的成员们，"莫格里跳起来喊道，"难道希尔汗是我们的首领吗？我们此刻选首领跟老虎有什么关系？"

"首领之位现在空缺着，我是被狼群要求前来发言的！"希尔汗说。

"谁能有这个权力让你在这里发言？"莫格里问，"难道我们都是豺狗？要奉承讨好你这只会杀牛的屠夫吗？狼族选首领，是我们狼族自己的事。"

年轻的狼们的叫喊声响起来了："快闭嘴吧，你这个人崽子！"

"让他说下去，莫格里是遵守我们狼族法则的。"有几只狼反驳道。

最后，狼族里的年长者们怒喝道："让'死狼'说两句话！"

当狼族的首领打猎失手时，他的余生都会被称作"死狼"，当然，他也活不久了。阿凯拉疲倦地抬起他那老到有些掉毛的脑袋："自由狼族的成员们，还有你，希尔汗的豺狗塔巴奎，我带领你们捕猎、躲开人类的猎杀有十二年了，在这期间，你们没有一个被人类诱捕，也没有谁曾经受过伤。现在，我捕猎失手了，你们很清楚这究竟是谁的阴谋。你们知道自己是如何把我引到那头精力旺盛的雄鹿那里，好让我当众出丑、暴露弱点的。你们干得真漂亮啊！现在，你们要做的就是在这个议会岩上杀死我。所以，我现在要问，你们当中谁敢来终结我这头孤狼的性命？根据丛林法则，我有权要求你们一个一个跟我单挑！"

一阵良久的沉默，因为没有一只狼敢去杀死阿凯拉。接着，希尔汗吼道："呸！我们理这没牙的蠢家伙干什么？他命中注定快要死了！倒是这个人崽子活得太久了点儿。自由狼族的成员们，他一开始就是我嘴边的肉，把他交给我吧。我被这只蠢狼人烦透了，他已经困扰整个丛林十个年头了。快把人崽子给我，要不然我就一直在这里捕猎，一根骨头都不留给你们。他是人类啊，他是人类的崽子，我恨他恨到了骨髓（suǐ）里！"

狼族成员们不止一半的声音都在喊："他是人类！他是人类！我们要人类做什么？让他滚回自己的地盘吧！"

"不行！你们难道想要整个村子里的人都来对付我们吗？"希尔汗叫嚷着，"把他交给我。因为他是人类，所以我们没有一个敢直视他的双眼！"

"死狼"阿凯拉又抬起脑袋说："莫格里吃的是我们的食物，他跟我们一起睡觉，帮我们追赶猎物，从没有破坏过丛林法则。"

"还有，他进狼族时，我为他付了一头公牛的代价。虽然一头公牛不算什么，但巴希拉的荣誉却是值得维护的。"黑豹巴希拉用最温柔的声音说道。

"那头公牛的事都过了十年了！"狼族成员们又开始混乱了，"现在谁还会领十年前那堆牛骨头的情？"

"那你们也不在乎曾经许下的诺言吗？"巴希拉说着，露出唇下的白牙，"好吧，你们这样还配叫作自由狼族吗？"

"人类的崽子绝不能和丛林居民一起奔跑，"希尔汗嚎道，"把他交给我！"

"除了血缘，他从别的方面来说都是我们的兄弟，"阿凯拉继续说，"但你们却要在这里杀了他！老实说，我活得太久了。我还听说，在希尔汗的教唆下，你们当中有些狼居然已经开始吃起耕牛和别的家畜了，还趁着黑夜从村民家门口叼走他们的孩子。我知道你们成了胆小鬼，我现在正在和胆小鬼们说话。我肯定是要死的，我的性命已经失去了价值，不然我就会为人娃娃献出自己的生命。因为现在没了首领，你们似乎早已忘了狼族的荣誉，不过我可以在此承诺：要是你们让这个人娃娃回到他的人类世界，我在被你们咬死时连牙都不会龇（zī）一下，我不会反抗，这至少能省下狼族的三条性命。更多的事我也做不了，但如果你们愿意，我就可以让你们不会因为杀害一个没有过错的兄弟而羞愧。这个兄弟，曾经有人为他撑腰，根据丛林法则，他也是付出了代价才加入狼族的。"

"他是人！是人类！是人啊！"恼羞成怒的狼们吼叫着。大多数狼开始围在希尔汗的周围，他的尾巴已经开始蠢蠢欲动了，大战似乎一触即发。

"现在就看你的了，"巴希拉对莫格里说，"除了战斗，我们已经没有更好的选择了。"

莫格里站起来，手里拿着火罐。接着，他伸直手臂，当着议会成员们的面打了一个哈欠，但他的心中此刻充满了愤怒和悲痛，因为莫格里没想到狼群竟然如此绝情。莫格里直到今天才知道，狼们其实一直痛恨着他。

"你们给我听着！"莫格里喊道，"没必要听希尔汗在这里瞎说。你们今晚一直在说我是一个人类，好吧，如果你们没说出这种话，我真的想和你们一样，今生只愿做'狼'。然而，你们却背叛了我！我不会再叫你们'兄弟'了，我要像人类一样鄙视你们，把你们叫成'狗'。此刻，你们想做什么，不想做什么，都不是自己能说了算的，这里由我说了算！我来把情况描述得简单点吧！我，一个人类，带了一些'红花'来到这里，这是你们这群'狗'都害怕的东西！"

他把火罐扔到地上，一些红煤块点着了一簇干苔藓，瞬间闪出了火光，议会的成员们在跳跃的火苗面前被吓得往后退。

莫格里把他找到的干树枝伸进火里，树枝被点着后发出"噼啪"的爆裂声。他把树枝举过头顶，在退缩的狼群中盘旋着挥动。

"你吓住了他们，"巴希拉压低声音说，"现在，快救下阿凯拉吧。他一直都是你的朋友。"

冷酷的老孤狼阿凯拉这辈子还从没求过饶，但此刻他也用乞求的目光看着这个人类男孩，他长长的黑发和树枝燃烧的火光一起在他的肩头摇颤着，投在地上的影子也一直在跳跃着。

"听着！"莫格里边说边慢慢环视着四周，"我已经了解你们这些狗崽子真正的品性了，我现在就回到我自己的同类中去，如果我算是他们的同类。丛林之门对我关上了，我必须忘掉你们说过的伤害我的话，还有你们曾经的陪伴。但是！我会比你们更有怜悯（mǐn）之心，除了种族不同，我几乎在所有方面都和你们一样。我保证，等我在人类中成长为一个男人后，我绝不会像你们现在背叛我一样，为了人类而背叛你们！"

莫格里用脚踢了踢火堆，火花顿时飞溅开来。

"此外，我不允许狼族的任何成员之间彼此交战，在我走之前，还有一笔账要算。"莫格里大步走到正呆坐着盯着火焰的希尔汗面前，抓住他下巴上的一撮须毛。巴希拉跟在莫格里身后，以防不测。

"站起来，瘸腿猫！"莫格里大喊道，"站起来，现在是人类在对你说话，要不然我就点着你的毛！"希尔汗双耳平贴在脑后，他闭紧双眼，因为燃烧的树枝已经逼得很近了。

"这个只会捕食牲口的家伙说他要在议会岩上杀了我，因为他没能杀掉

小时候的我。所以呢，我们人类确实是很会打狗的。你敢动一根胡子，瘸腿猫，我就把'红花'塞进你的喉咙里！"莫格里用点燃的树枝敲打着希尔汗的头，老虎恐惧地挣扎着，发出呜咽的哀嚎。

"呸！被燎掉了毛的丛林猫，现在给我滚吧！你们这些狼要记着，下一次作为人类来到议会岩时，我一定要把希尔汗的皮披在我的身上。至于剩下的事……阿凯拉虽然不再是首领，但他可以去过自由的生活，我不允许你们杀他，也不允许你们再伸着舌头坐在这里，好像你们是什么了不起的东西，而不是被我赶来赶去的狗崽子，所以……快滚吧！"

火苗在树枝尾部剧烈燃烧着，莫格里划着圈左右出击，火星烧着了他们的皮毛，狼群嚎叫着逃窜。最后，只剩下阿凯拉、巴希拉和大约十只支持莫格里的狼。最后，莫格里心里感到一阵刺痛，在此之前，生命里还从没有什么东西触痛过他。他屏住呼吸，啜（chuò）泣着，眼泪在脸上汹涌奔淌。

"这是什么？我这是怎么了？"莫格里问道，"我不想离开丛林，我不知道眼睛里流出的是什么东西。我是不是要死了，巴希拉？"

"才不会呢，小兄弟。这只是人类经常流的眼泪而已，"巴希拉说，"现在，我知道你是一个大男人了，不再是小娃娃了。从此以后，丛林就真正把你关在门外了。让眼泪流出来吧，莫格里，这些只是很平常的眼泪。"

莫格里坐下来放声大哭，心都碎了，他长这么大还从没哭过呢。

"现在，"莫格里说，"我要去人类世界了。但首先，我必须和我的母亲告别。"接着，他到了狼妈妈和狼爸爸居住的山洞里，他扑在狼妈妈身上大哭，四只狼兄弟也痛苦地嚎叫。

"你们不会忘了我吧？"莫格里问。

"只要能嗅到你的踪迹，我们就永远不会忘记你，"狼兄弟们说，"等你成为人类了，就到山脚下找我们说话，晚上我们就去庄稼地里和你玩耍。"

"一定要回来！"狼爸爸说，"噢，聪明的小青蛙，快点儿回来吧，因为你妈妈和我……我们都老了，没几年活头了……"

"快点儿回来，"狼妈妈说，"我光溜溜的小儿子啊。听好，人类之子，我爱你要胜过爱我自己的狼崽们。"

"我一定会回来的，"莫格里说道，"等我回来了，我会将希尔汗的皮铺在议会岩上。不要忘了我啊！告诉丛林里的朋友们，让他们永远不要忘了我！"

天快要亮了，莫格里独自走下山去，他要去寻找那些被称作人的神秘生物，和他们一起生活了。

习欧尼族群狩猎之歌

天空在破晓，大公鹿在鸣叫，

一声，两声，又一声！

一只母鹿在山脚。

森林里的池塘边上，野鹿在饮水，

这消息被我独自侦察到，

快看吧，

一声，两声，又一声！

天空在破晓，大公鹿在鸣叫，

一声，两声，又一声！

一只狼悄悄回来了，

把这消息带给伺机而动的狼群，

于是我们寻啊，于是我们找啊，

我们沿着鹿的踪迹叫啊，

一声，两声，又一声！
天空在破晓，狼群在喊叫，
一声，两声，又一声！
我们踏过丛林，不留下脚印。
我们的双眼能在黑暗中看清！
闻到猎物后，快听那欢叫！
一声，两声，又一声！

卡奥的捕猎

身上的斑点让豹子自豪，
牛角也是水牛们的骄傲。
华丽的皮毛亮晶晶，
猎手的力量在闪耀！
要是你发现野牛能撞飞你，
或者浓眉的大公鹿能顶伤你，
你也无须停止捕猎告诉我们，
因为我们十年前就已经知道。
别欺负不认识的小娃娃，
要像对待兄弟姐妹一样招呼他们。

即使他们又矮又小，

狗熊或许是他们的妈妈。

"没有谁能像我这样厉害！"

人娃娃第一次捕猎成功后骄傲地说道。

但丛林很大，而人娃娃又那么小。

应该让他少说话，多思考。

——《巴鲁格言》

　　这里所要讲述的故事发生在莫格里被赶出习欧尼的狼族之前，或者是他向老虎希尔汗复仇之前。那时，巴鲁还正在教授他丛林法则。老棕熊个头很大，平日里又很严肃，但他为收了一个如此敏捷又聪明的学生而感到高兴，因为狼崽们只愿意学习丛林法则中只规定或适用于狼族的那部分内容："脚步悄无声，眼睛透黑暗，耳听穴中风，白牙尖又利。以上均是狼族兄弟的标志，但我们憎恶的豺狗塔巴奎和鬣（liè）狗不在此列。"

　　狼崽们一旦会背诵狩猎诗章，就全都跑开了。不过，莫格里是人娃娃，需要学的知识比这要多。有时候，黑豹巴希拉在丛林里闲逛时会抽空来看看他的宝贝，趁着莫格里向巴鲁复述一天课程的时候，他就咕噜咕噜地把头抵在树干上。这个男孩爬起树来就和游泳一样好，游起泳来又和跑得一样快。因此丛林法则老师巴鲁也教授了他有关"木"和"水"的法则：比如怎样分辨腐朽和健康的树干啦；在离地五十英尺[①]的高度撞上蜂窝时，该怎么和蜜蜂礼貌地搭话啦；中午在树枝间惊扰了蝙蝠蒙时，该说些什么啦；在跳进池

────────────

① 英尺：长度计量单位，1英尺 ≈ 0.3 米。

塘前该如何提醒水蛇啦……因为丛林居民们都不喜欢被惊扰，大家都做好了一旦发现入侵者就随时发动攻击的准备。因此，莫格里也学习了陌生的外来动物狩猎时的嚎叫，不管在什么时候，丛林居民只要在自己的领地以外捕猎，必须大声呼叫，直至得到回应。呼叫的意思翻译出来就是："请允许我在此捕猎吧，因为我正饿着。"回答则应该是："那就去捕捉食物吧，但不能只是为了好玩。"

如此之多的东西莫格里都必须用心学会，而同样的道理巴鲁要让他重复说上千百遍，莫格里感到很厌倦。终于有一天，莫格里被巴鲁打了一巴掌后生气地跑开了。巴鲁对巴希拉说："人娃娃就是人娃娃，他必须学会丛林法则里的一切。"

"但他还这么小啊！"黑豹巴希拉说道，莫格里使小性子时，巴希拉总是宠溺（nì）他，"他小小的脑袋瓜怎么可能装得下你所有的长篇大论呢？"

"难道丛林里有哪只动物会因为年纪小就不会被杀掉吗？没有。所以我才教他这些东西，所以当他忘记时，我才会轻轻地打他。"

"轻轻地打？你这只老铁脚知道什么是轻重吗？"巴希拉咕哝道，"今天他的脸都被你给打青了，我呸。"

"我是爱着小莫格里的，就算他从头到脚都被我打肿，也比他因为愚昧而受到外界的伤害要好啊，"巴鲁认真地说，"我现在正在教他丛林口诀，这将保护他不被鸟类、蛇族和所有四条腿的捕食者伤害，除了他自己的种族。现在，他只要记熟这些口诀，就可以呼唤丛林里所有的动物们来保护他。为此挨点儿打难道不值得吗？"

"嗯……那就当心可别打死了这个人娃娃，他可不是用来磨尖你那对钝爪子的树干。丛林口诀是一些什么内容？虽然我通常会直接上去帮他而不是先对暗号，"巴希拉伸出一只爪子，陶醉于他那只泛着铁青色、造型精妙的爪子，"但我还是想了解一下口诀的内容。"

"那我就叫莫格里来说吧，要是他愿意。出来吧，小兄弟！"

"我的脑袋现在还像一棵结了蜂巢的树一样嗡嗡直响呢。"从他们头顶的树上，传来一个小小的带着愠怒的声音，莫格里气呼呼地从树干上滑到了地面上，他又说了一句："我下来是为了巴希拉，不是因为你，老巴鲁，肥巴鲁。"

"这对我来说都一样，"巴鲁虽然嘴巴上这么说，却还是感到既伤心又难过，"那你就告诉巴希拉今天我教你的丛林口诀是什么吧。"

"针对哪种动物的口诀？"莫格里很高兴自己能卖弄一下，"丛林口诀可是分很多种语言呢，我全都知道。"

"你知道一点儿就行了，不需要太多。你瞧，巴希拉，他们从来都不会感谢自己的老师。还从来没有哪只狼崽回头来感谢老巴鲁的教导呢。那么，大学者莫格里，就说一说针对捕猎兽族的语言吧。"

"我们属于同一血脉，你和我。"莫格里用熊的口音说，这句话所有的捕猎族都会。

"很好。现在说鸟儿们的。"

莫格里重复了一遍口诀，在最后加上了鸢鹰的哨声。

"现在换蛇类。"巴希拉说。

莫格里的回应是一声惟妙惟肖、难以形容的"嗞嗞"声，莫格里跳起来向后踢着双脚，同时还鼓掌表扬自己。接着，他跳到了巴希拉的背上侧坐着，用脚跟踢打着巴希拉闪闪发光的皮毛，对巴鲁做着他能想到的最丑的鬼脸。

"看吧！这些成果用那些小惩罚来交换一点儿都不亏，"棕熊柔声说道，"总有一天你会感谢我的。"接着，他就转到一边跟巴希拉说他是怎么恳求野象海瑟告诉他口诀的，因为海瑟知道所有的口诀，他曾经带着莫格里下到湖里从水蛇那里学习蛇语，因为巴鲁发不出那种声音。莫格里现在能够抵御一切发生在丛林里的意外事故，因为无论是蛇也好，鸟儿也好，兽类也好，都不会去伤害他。

"这样就再也不需要害怕谁了。"巴鲁挥动着手臂，自豪地轻拍着毛茸茸的肚子。

"除了他自己的同类吧，"巴希拉压低声音说道，接着又大声对莫格里喊道，"小心我的肋骨啊，小兄弟！你跳上跳下的在做什么啊？"

莫格里一直在拉扯巴希拉肩头的皮毛，还狠狠地踢打他，他想让他们听自己说话。当他们开始倾听时，莫格里就用最大的声音说："我也该有自己的族群，我要带着他们整天在树枝间穿梭。"

"这又是什么新鲜的蠢话呀？你这个做白日梦的臭小子！"巴希拉说。

"没错，我们还要用树枝和脏东西来砸老巴鲁，"莫格里继续说，"他们跟我承诺过的！哈哈！"

"呼啊！"巴鲁吼叫着用大爪子把莫格里从巴希拉的背上掀下来，男孩仰躺在他的两只前爪之间，他看出来巴鲁发怒了。

"莫格里，"巴鲁说道，"你一直在和那些猴子玩耍吧？"

莫格里看着黑豹巴希拉，想知道他是不是也生气了，而巴希拉的眼睛就像碧玉般剔透，目光中透着坚毅。

"看来你真的和那些猴子玩耍过，他们根本没有丛林法则的概念，那些家伙什么都吃，这真令人感到羞耻。"巴希拉说。

"巴鲁打我头的时候我跑开了，"莫格里仰面躺着说，"灰猿们从树上下来，他们同情我。除了他们没有人关心我。"莫格里说话时很伤心，他的鼻子有点儿发酸。

"猴子们可怜你？"巴鲁对此嗤（chī）之以鼻，"除非山间的溪流静止了，夏日的骄阳凉爽了！然后怎么样了啊，人娃娃？"

"然后……然后他们给我坚果和好吃的东西，然后他们……他们用手臂抱着我上了树顶，说我是他们血脉相连的兄弟，只是我没有尾巴，还说我总有一天会成为他们的首领。"

"他们根本没有首领，"巴希拉说，"这是在撒谎，他们一贯喜欢撒谎。"

"他们很善良，还想要我再去找他们。为什么我从没被带去过猴群里呢？他们和我一样用双腿站立，也不用硬爪子打我，而且整天玩闹。让我起来！坏巴鲁，让我起来！我还要去和他们玩耍。"

"听着，人娃娃，"棕熊的声音就像来自炎热夜晚的闷雷，"我已经教给你丛林中所有兽民都遵守的丛林法则了，除了在树上生活的猴民们。因为他们没有法则可言，他们是被丛林驱逐的族群。他们没有自己的语言，但会使用偷来的语言，他们躲在树枝上偷听、偷看。他们的生活方式和我们不同。他们没有首领，也没有记性。他们自大又唠叨，假装自己的族群很了不起，想在丛林中干一番大事业，但即使只是树上掉下的一颗坚果都会转移他们的注意力，他们大笑着，然后就将一切忘在脑后。我们这些丛林兽民跟他们没有往来。我们不喝猴子喝过的水，不去猴子去过的地方，不在他们狩猎的地方狩猎，不在他们死过的地方死去。直到今天，你听我说过猴子们的事吗？"

"没有。"莫格里小声说，因为巴鲁说完后整个森林都静止下来了。

"丛林兽民闭口不提他们，将他们抛诸脑后。他们数量庞大，充满邪气，肮脏污秽（huì），不知羞耻，如果说他们还有什么理想，也就是渴望丛林兽民关注他们。但就算他们把坚果、污物扔到我们的头顶上，我们也从不理会他们。"

一些坚果和小树枝从高处落下，砸在巴鲁和莫格里的头上，然后从高高的细瘦树枝间传来了咳嗽声和嚎叫声，还有猴子们怒气冲冲的蹦跳声。

"记住，对丛林兽民来说，猴民们是禁忌。"巴鲁说。

"你把猴子们当成禁忌？"巴希拉说，"但我认为你早就应该提醒莫格里要远离他们。"

"我？我……我怎么能想得到他会跟那些下流的家伙们玩闹呢？猴民！呸！"巴鲁说。

又有一些坚果、小树枝落在他们头上，他们带上莫格里小跑着离开了。巴鲁所说的关于猴子的事完全属实。猴民们生活在树顶上，因为兽类很少往上方看，所以猴民和丛林兽民平时生活和捕猎的路线不可能存在交叉，但只要猴子们发现狼生病了，或是老虎和熊受伤了，就会骚扰和欺负他们，还会朝着任意一只树下的野兽扔坚果和棍棒取乐，希望自己受到关注。然后他们还会嚎一些没有意义的歌曲、挑拨丛林兽民爬上树去打他们，他们还会在猴群内部挑起激烈却没有意义的战斗，再把猴尸丢在丛林兽民能看见的地方。他们一直准备选出一个首领制定自己的法则和习俗，但从没有做到过，因为以他们的记性坚持不到第二天。因此，他们编了一句谚语："丛林兽民考虑问题总比猴民要晚一步。"这句话给了他们极大的安慰。没有兽民能抓得住他们，但换句话说，也没有兽民会注意他们，所以当莫格里跟他们玩耍时，他们才会那么高兴，但他们也听到了巴鲁有多么愤怒。

猴民们做任何事都没有计划。不过，这次，某只猴子想到了一个在自己看来很聪明的点子，他跟所有猴子们说："把莫格里留在猴群里会有大用处，因为他会把棍棒和大片的树叶编在一起遮挡风雨。因此，要是我们能捉住莫格里，就可以让他来教我们。"当然了，莫格里作为樵夫的孩子，本就继承了一些天分，他也习惯于用断落的树枝搭建小屋而不去思考自己是如何

做到的。猴民们从树上看见这一幕后，觉得他的把戏最有意思。这一次，他们真的决定要选出一个首领来了，然后成为丛林里最聪明的族群，聪明到丛林里其余族群都会注意他们、嫉妒他们。因此，他们非常安静地跟在巴鲁、巴希拉和莫格里的身后，一直等到中午小睡时。此时，莫格里正因为巴鲁的训斥而感到非常羞愧，他睡在黑豹和棕熊之间，下定决心不再和猴子们有更多交往了。

接下来，莫格里能记得的事情就是，他能感觉到有几双又有力又粗壮的小手在拉着他的胳膊和大腿，还用树枝在他的脸上拍打。他睁开眼睛，透过摇晃的大树枝往下方看，巴鲁低沉的吼叫声传遍了丛林，巴希拉龇着所有的尖牙往树干上跳。猴子们发出胜利的呼叫声，他们跳上更高的树枝，而巴希拉却没办法再跟上去了，因为他会把树枝压断后掉下来。猴子们叫嚣（xiāo）着："他注意到我们了！巴希拉注意到我们了！丛林中的所有兽民都佩服我们的绝技！"然后他们就在树上荡来荡去，猴子们在树枝间的飞荡是任何丛林居民都无法模仿的技能之一。他们在上山和下山时都有固定的道路和交叉路口，全都在离地七十英尺或一百英尺高的地方，如果有需要，夜间他们甚至可以在这些树上的道路中穿行。

两只最壮实的猴子用胳臂夹着莫格里，带着他荡过树梢，他们每次能跳出二十英尺。要是只有他们自己，速度能比现在快两倍，但男孩的重量拖住了他们。

虽然感到恶心，头晕眼花，离开地面这么高也着实吓坏了他，但莫格里还是无法遏制地爱上了这种飞荡的刺激感，当两只猴子猛地停下时，莫格里感到非常害怕，他的心都要提到嗓子眼儿了。他的护送者带着他冲上树顶，直到位于树的最高处那纤细的树枝被他们压断，然后随着各种欢呼和大叫声，他们又在空中向外或是向下摆荡着，之后再急停下来，将手臂或双脚挂在下一棵树的树干上。有时，透过静止的碧绿色丛林，莫格里能看见几英里外的地方，就像站在桅杆顶部的人能看到几英里远的海面一样。那时，树枝和叶子会扫过他的脸，他和他的两个护送者又几乎快下到地面上了。就那么跳吧、撞吧、呐喊吧、大叫吧，猴民们带着他们的人质莫格里，沿着树上的小路飞荡着。

有一段时间，他很害怕被猴子们抛下来。接着他生起气来，但他知道自己不能挣扎，于是就思考起来。首先，要给巴鲁和巴希拉送封信，因为他知道以猴子们的速度，他的两个朋友已经被远远地抛在后面了。而往下看也没用，因为他只能看见一些树梢的顶端，所以他就往上看。他看见在远远的蓝天上，鸢鹰兰恩在盘旋着，他一直在注视着丛林里可以捕杀的猎物。

兰恩看见猴子们正夹着什么东西前进，于是就向下飞了几百米，这样可以弄清楚他们带的东西是不是好吃的。他吹着鹰哨，惊讶地发现莫格里被拖上了树顶，他听见莫格里喊出了鸢鹰的语言："我们是同一血脉，你和我。"起伏的树枝在男孩上方合上了，但鸢鹰及时盘旋着飞向下一棵树，他

看见男孩棕色的小脸又露了出来。

"记下我的行踪！"莫格里大叫道，"转告习欧尼族群的巴鲁和议会岩的巴希拉。"

"报上你的名字，兄弟。"

"莫格里，青蛙莫格里。他们叫我人崽子！记下我的行踪！"最后几个字的语调很尖，因为他被荡到了空中。虽然兰恩以前从没见过莫格里，但他当然听说过人娃娃莫格里。兰恩点点头盘旋着往上飞，直到身体看起来比一粒尘埃大不了多少。他悬在那里，用望远镜般的双眼注视着摇晃的树顶，那是莫格里的护送者们在树枝上晃荡造成的动静。

"他们绝对走不远，"他窃笑道，"他们一直都完不成自己想干的事。他们会不断喜欢上新的东西，这就是猴子。这一次，要是我猜得没错，他们算是给自己惹上麻烦了，因为巴鲁可是老手了，而据我所知，巴希拉可并不是个只会猎杀山羊的角色。"

他扑扇着翅膀，双脚收缩在下面等待着。

此时，巴鲁和巴希拉十分激动，他们既愤怒又悲伤。巴希拉虽然以前从没爬到过树顶，但他这次也爬上去了，不过纤细的树枝在他的重压之下折断了，他摔了下来，爪子上满是树皮。

"你为什么不提醒人娃娃提防猴子啊？"巴希拉对可怜的巴鲁大吼着，而巴鲁则笨拙地开始小跑，希望能赶上猴子们，"你不提醒他，就算你把他扇到半死又有什么用！"

"赶快！赶快啊！我们……我们应该还能赶上他们！"巴鲁气喘吁吁地说。

"就用这速度？连受伤的母牛都追不上。你还是教授丛林法则的老师呢！只会揍小孩的家伙，这样来回晃一英里就能把你累爆炸，还是静下来坐着思考一下吧！计划一下，现在不是追的时候，我们要是跟得太近，他们说不定会把莫格里从空中丢下来。"

"呜……猴子们说不定已经把他丢下来了，带着他逃跑肯定很累。谁敢信任猴子们啊？把死蝙蝠放在我头上吧！给我吃烂骨头吧！把我赶到野蜂窝里去，让我被蜇死吧！把我和鬣狗埋在一起，因为我是最悲惨的棕熊！呜！莫格里，我的莫格里啊！为什么我没有提醒你提防着猴子们，而是要打你的脑袋呢？说不定我已经把他敲得忘记了所学的课程，如果不会背口诀，他在丛林里就是孤零零的了。"巴鲁用爪子扣住双耳，悲哀地躺在地上来回滚着。

"至少刚才他对我正确地说出了所有口诀，"巴希拉不耐烦地说道，"巴鲁，你不仅没记性，还没脸皮。要是我也像豪猪伊奇一样蜷起身子来嚎叫，丛林动物们会怎么看我呢？"

"我才不管丛林动物们怎么看我呢！莫格里说不定现在已经死了！"

"除非他们为了好玩把他从树枝上推下去，或者出于懒惰而丢下他。我并不担心人娃娃，他很聪明，被教导得也好，而且还有一双令丛林兽民害怕的双眼。但是他在猴子们的控制中，这可是最大的不幸。因为猴子们生活在树上，不怕我们任何兽民。"巴希拉若有所思地舔着一只前爪。

"我就是一个傻子！唉，我就是一个只会挖树根的棕色肥傻子，"巴鲁说着猛地伸展开自己的身子，像是想到了什么，"野象海瑟说得对，'谁都有害怕的东西'，而猴民们害怕岩间大蟒卡奥。他和他们一样擅长爬树。他晚上去偷小猴崽子，哪怕轻轻提起卡奥的名字都能让猴子们邪恶的尾巴发凉。我们快去找卡奥吧！"

"他能帮我们做什么呢？他又不是我们部族的，而且眼神还很邪恶。"巴希拉说。

"他很老了，也很狡猾。但他的肚子总是很饿，"巴鲁满怀希望地说，"我们许诺他事成之后给他很多山羊吧。"

"他吃一次要睡上整整一个月，说不定现在就在睡觉。就算他已经醒了，要是他宁愿选择自己去猎杀山羊而不愿意帮我们该怎么办？"巴希拉不是很了解卡奥，自然持怀疑态度。

"要是那样，你就和我一起说服他，我们两个老猎手会让他想明白的。"巴鲁用褪（tuì）色的棕色肩膀蹭了蹭黑豹，随后，他们就去寻找岩间大蟒卡奥了。

他们找到卡奥时，他正舒展着身子躺在一块暖和的岩壁上，沐浴着午后的艳阳，欣赏着自己漂亮的新外衣。在过去的十天里，他因为要换新皮而处于休息状态，而现在他舒服极了。他的嗅觉迟钝，大脑袋正沿着地面蠕（rú）动，三十英尺长的身子纠结成不可思议的形状和曲线，想到送上门的晚餐，他舔了舔嘴唇。

"他还没吃饭呢，"巴鲁松了口气咕哝道，同时他看到了那美丽的棕色和黄色斑点交织着的新外衣，"小心，巴希拉！他蜕皮之后眼睛总有点儿不好使，很快就会发动攻击的。"

卡奥不是毒蛇，事实上，他还相当鄙视毒蛇，说他们是胆小鬼，他的力量来自他的怀抱，只要有什么东西被他缠进一圈圈巨大的身体里，生命就宣告结束了。

"祝您捕猎顺利！"巴鲁大声喊着蹲坐下来。和所有的蛇一样，卡奥相当聋，他一开始没听见喊声。接着他蜷起身子准备好应对意外，他低下了头。

"祝我们大家都捕猎顺利，"他答道，"哟，是巴鲁啊，你在这里做什么？祝你捕猎顺利呀，巴希拉。至少我们当中有一个需要食物吧。有什么猎物出现的消息吗？母鹿或者小雄鹿都行，现在的我饿得像一口干井。"

"我们正在捕猎。"巴鲁淡淡地说。他是知道的，不能催促卡奥，因为他实在太巨大了。

"请允许我和你们一起吧，"卡奥说道，"一次捕猎对你们来说可能算

不上什么，但我得在林间小路等上好几天，或者只是为了捉一只小猴子而爬大半夜，只为等待那渺茫的机会。唉，树枝也和我年轻时不一样了，都是一些腐朽的小枝子和干树丫。"

"说不定这和你巨大的体重有关。"巴鲁说。

"我可是相当长，相当长哟，"卡奥说起来有点儿自豪，"但都怪那些新长出的树枝。上一次本来快要捕到猎物了，但我滑动的声音惊醒了猴子，因为我的尾巴在树上缠得还不够紧，他们喊着我最难听的外号。"

"没有脚的黄土虫。"巴希拉从胡须下面说，就好像他在试着回忆什么事情。

"嗞！你们曾经这样叫过我吗？"卡奥问。

"上个月他们就对我们大喊那样的称号，但我们没理睬。他们什么都说，还说你的牙齿都掉光了，也不敢面对比小山羊更大的猎物了，因为你害怕公山羊的犄角，这些猴子实在很无耻。"巴希拉继续亲切地说。

蛇类，尤其是像卡奥这样机警的巨蟒很少表现出生气的样子，但此时巴鲁和巴希拉却能看见在卡奥的咽喉两边，那块大大的咀嚼肌因愤怒而膨胀、颤动着。

"猴民们已经转移了地盘，"卡奥静静地说，"今天我在晒太阳时，听见他们在树顶上叫喊着。"

"我们现在追赶的正是猴……猴子。"巴鲁说，但他说得不太利索，因为在他的记忆里，这是在丛林里第一次有兽民承认自己对猴子的所作所为感兴趣，这很令人感到羞耻。

"看来，能让二位这样的好猎手去追赶猴民，这事儿可不小，我敢肯定，你们都是各自族群中的首领。"卡奥恭敬地说着，他对两位客人的动机感到好奇。

"确实如此，"巴鲁开始说，"我不过是习欧尼山中狼崽们年老、有时还很笨的丛林法则老师，而这位巴希拉……"

"就只是巴希拉而已，"黑豹说道，他的下颌猛地闭紧，因为他觉得谦卑没有意义，"有件麻烦事，卡奥，我们有一个人娃娃，你可能听说过，那些坚果小偷和摘棕桐叶子的家伙把他拐走了。"

"我从豪猪伊奇那里听到一些消息，说什么人类加入了狼族，可我不信。伊奇长有鬃（zōng）毛，又很专横，满肚子都是道听途说来的故事，但讲得很烂。"

"可这是真的。他这样的人娃娃之前还从未出现过，"巴鲁说，"他是最好、最聪明、最勇敢的人娃娃，还是我的学生，他会让我名扬丛林的！还有，我、我们都爱着他啊，卡奥。"

"啧！啧！"卡奥说着，来回摇头，"我也懂得什么是爱，其实我也有故事可以讲……"

"这就需要另一个晴朗的夜晚了，我们得先填饱肚子才能谈功论绩或谈情说爱，"巴希拉飞快地说，"我们的人娃娃现在正在猴民手中，而且我们知道，在所有的丛林兽民中，他们只害怕卡奥。"

"他们只害怕我。这个理由很充分，"卡奥说道，"喋喋不休、愚不可及、贪慕虚荣……贪慕虚荣、愚不可及、喋喋不休，这就是猴民。如果人类或别的东西落入他们手中那可就惨了。他们对于摘来的坚果，拿累了就扔了。他们扛着一个树枝扛了半天，本意是用来做一件大事，却把它折成了两半。听说他们还叫我'地龙'是不是？"

"是虫、虫啊！土虫子，"巴希拉说道，"还有别的称呼，在这里我都不好意思说。"

"我们必须提醒他们，要把自己主人的名字叫得好听点儿。咝！我们必须帮助他们整理一下错乱的记忆。现在，他们带着人娃娃去了哪里？"

"只有丛林知道答案。我猜是日落的方向……"巴鲁说道，"我们还以为你知道呢，卡奥。"

"我？怎么可能？他们要是挡了我的道，我就抓住他们。但我不会为了这种事捕杀猴民的，也不会去吃青蛙，或是去捞水洞里的绿浮萍。"

"上面，看头上！上面，看头上！你们好！快抬头看！习欧尼狼族的巴鲁！"

巴鲁抬起头，想听声音来自何方。原来是鸢鹰兰恩，他向下飞着，阳光在他卷起的翅膀边缘闪耀着。此时正是兰恩平时睡觉的时间，但他却飞过了

整个丛林来寻找棕熊巴鲁，这在茂密的树林中非常困难。

"什么事？"巴鲁问。

"我看到莫格里在猴民中。他让我转告你，猴民们带着他过了河，去了猴城冷巢。他们可能会在那里待上一晚，或者十晚，也可能是一小时。我已经命令蝙蝠蒙在夜里去盯着他们了。我就带回了这些信息。祝你们捕猎顺利，下面的各位！"

"祝您吃饱，祝您睡一个好觉，兰恩，"巴希拉喊道，"下次捕猎我会记着您的，我要把猎物的头单独留给您。噢，您是最好的鸢鹰！"

"没什么！那个男孩记得丛林口诀，这是我应该做的。"兰恩又往上盘旋着飞回了他的鹰巢。

"他没有忘记使用丛林口诀，"巴鲁骄傲地笑着说，"想想，一个这么小的孩子，在被拉扯着穿过树林时还记得鸟类的口诀！"

"都是被你逼的，他才牢牢记住了，"

巴希拉说道，"但我为他骄傲，现在我们必须赶去冷巢了。"

他们都知道那地方在哪里，但丛林里很少有兽民去过那儿，因为被他们叫作冷巢的地方是个古老的废弃城市，迷失和埋葬在丛林中。野兽们很少会占用人类曾经使用过的地方，野猪可能会用，但捕猎的兽族们不会。另外，猴子也会住在那里，就像他们经常住在别的任何地方一样，任何有眼界、自爱的动物都不会来这里，除非是在干旱时节，因为废弃的水槽和蓄水池里会贮（zhù）存一点儿雨水。

"如果全速前进，这段路我们还要走上半夜。"巴希拉说。

巴鲁看上去很认真地说："我会用最快的速度赶路。"

"我们可不敢等你。跟在后面吧，巴鲁。我和卡奥必须加快脚步。"

"不管有脚没脚，我都能和你们所有四脚兽并驾齐驱。"卡奥说。

巴鲁很努力，但不得不坐下来喘口气，因此他们就留下他，让他晚点儿赶来，而同时，巴希拉则以豹子轻快的步伐前进。卡奥一言不发，却像巴希拉一样奋力向前，岩间巨蟒和黑豹保持同样的速度。当他们到达山底小溪的时候，巴希拉赢了，因为他跳了过去，而卡奥是游过去的，他的头和脖子共有两英尺露出水面。到了平地后，卡奥就赶上了落下的距离。

暮色降临。

"凭我出逃时拍裂的栅栏起誓，"巴希拉说，"你走得一点儿也不慢。"

"因为我饿了，"卡奥说道，"另外，他们还叫过我'斑点蛙'，我很生气。"

"是虫啊，土虫子，还有无脚黄鱼。"

"都一样。我们继续走吧。"卡奥用他冷静的双眼寻找着最短的路线，然后沿着它前进。

在冷巢，猴民们根本没把莫格里当成朋友对待，他们把男孩带到了这座废弃之城后自己就乐得不行了。莫格里以前还从没见过印度的城市，尽管这只是一堆类似废墟（xū）的城市，但看起来也很辉煌。很久以前，某个国王把城市建在小山上。现在，你还能循着石道通往毁弃的大门，大门已被损坏，一些木头碎屑悬在破旧生锈的铰（jiǎo）链上。有的树木钻进了墙壁里，有的树木刚从墙壁中钻了出来。防卫墙腐朽倒塌了，一丛丛浓密的野生爬藤植物从塔楼墙壁上的窗户口垂吊下来。

山顶上是一座有着巨大屋顶的宫殿。庭院和喷泉的大理石块滑落了，染上了红红绿绿的颜色，庭院里以前圈养着国王的大象；鹅卵石被杂草和小树顶起后散落开来；从宫殿里你可以看见一排排房屋的屋顶，看上去就像又黑又空洞的蜂巢；在一堆形状怪异的石块上有一座建在广场上的雕像，这里曾是四条道路交会的地方；街角的深坑和浅洼旁边曾耸立着一口公共水井；在一间寺庙破碎的圆顶上，野生的无花果树长出了枝芽。

猴子们称此地是他们的城市，因此瞧不起那些住在丛林中的兽民。然而，他们从来都不知道这些建筑是建来做什么的，也不知道该如何使用。他们会在国王的议会大厅里围坐成圆圈来抓跳蚤，假装自己是人类；要么就是在没有房顶的房屋里跑进跑出，他们收集着墙角的石膏和旧砖块，可是又忘了之前把它们藏在了哪里；他们扭打嘶叫成一团，接着又在国王花园的平台上散开，上下跳跃着玩耍；他们会摇晃玫瑰树枝和橘树枝，看着上面的果实和花朵纷纷掉落，以此来取乐；他们探索着宫殿里所有的走廊、阴暗的通道和成百上千个小房间，但从来记不住哪个是见过的哪个又是没见过的；他们就这样一个或两个、一队或一群地游来荡去，彼此告知说自己已经和人类一样了。他们在水槽里喝水，把水搅得一片混浊，接着又在里面厮（sī）打起来，他们会全部抱成一团大叫着："丛林里没有谁能像猴民这么灵巧、这么聪明，这么强壮和文雅了！"然后他们又会重新开始这一切，厌倦了这座废弃城市后就返回到丛林里的树上，希望丛林兽民会因这段经历而注意他们。

莫格里经过丛林法则的训练后，不喜欢，也无法理解这种生活。傍晚时分，猴子们在经过了一段漫长的行路后把他拖进了冷巢，他们不像莫格里一样去睡觉，而是拉起手跳起了舞，还唱着他们傻瓜般的歌谣。一只猴子发表了讲话，他告诉他的同伴们，抓住了莫格里将会是猴民开创新时代的开始，因为莫格里将教会他们如何把树棍和藤条编织在一起，用来抵挡风雨和寒冷。莫格里摘了一些藤条，开始编织起来。猴子们试图模仿他，但没多久，他们就失去了兴趣，开始拉扯着彼此的尾巴，或是跳上跳下、

摇来晃去。

"我想吃东西，"莫格里说道，"我没来过这种地方，给我拿点儿食物，要么就让我在这里捕猎。"

二十或三十只猴子跑开后，给他拿来了坚果和野巴婆果，但他们在路上又开始了厮打，因此要把怀里仅剩的水果带回来简直困难重重。莫格里又气又饿，他漫步在空荡荡的城市里，不时喊出陌生动物的狩猎口诀，但谁也没有回应他。莫格里觉得自己确实到了一个非常糟糕的地方。

"巴鲁说的关于猴民的事都是真的，"他想道，"他们没有法则，没有狩猎口诀，也没有首领，什么都没有，只会傻叫，只有像贼一样用来偷东西的小爪子。所以，要是我在这里饿死或是被杀了，都是我的错。但我必须尝试返回我自己的丛林。巴鲁肯定会打我的，但是那也比和猴民们一起愚蠢地摇晃玫瑰花枝叶要好得多。"

莫格里走到城墙边后没多久，猴子们就把他拉了回来，他们说莫格里根本不知道在这里有多快乐，他们要求莫格里心怀感激。莫格里气得咬紧了牙，但什么都没说，只是和叫嚣的猴子们一起踏上了蓄水池平台，那里还蓄着半池水。在平台的中央，有一座用大理石修筑、半塌掉的花园凉亭，那是为一百年前已逝的一位皇后修建的。凉亭的圆顶塌了一半，堵住了过去皇后经常走的地下通道。凉亭的墙壁是用大理石修筑的窗花格屏风，上面有奶白色的美丽浮雕，还装饰着玛瑙（nǎo）、红玉髓、碧玉、青金石，随着月亮

从山上升起，屏风墙上的窗格子都透着亮，在地上投下的影子就像黑天鹅绒般的刺绣一样。莫格里此时又气、又困、又饿，所以当猴子们每二十只一拨来告诉莫格里他们的族群有多伟大、多机灵、多强壮、多温和以及脱离他们就是愚蠢时，莫格里忍不住大笑起来。

"我们多伟大啊！我们是自由猴民。我们真的棒极了！我们是丛林中最好的族群！我们都这么说，所以肯定就是真的，"他们不停地叫嚣着，"现在，因为你是一个新的听众，你可以把我们说的话带回去说给丛林兽民们听，这样他们以后就会注意到我们了，我们会告诉你我们身上所有的优点。"

莫格里没有反对，猴子们成百上千地聚集到平台上来听发言者们唱猴民赞歌，只要发言者停下来想要喘口气，他们就全都一起喊叫："就是这样，我们都这么说！"他们问莫格里问题时，莫格里就点点头，眨眨眼睛，然后说"是"，他的头也跟着他们的声音转来转去。

"肯定是豺狗塔巴奎把这些猴子都咬了，"他自言自语道，"所以现在他们都疯了。这肯定是'德瓦力'——狂犬病。难道他们从来不睡觉吗？现在有一团云彩要遮住月亮了。要是云彩足够大就好了，我就会趁着黑夜逃走。可是我累了。"

同一团云彩也被城墙下废弃水沟里的两个好朋友看见了，巴希拉和卡奥非常清楚大量猴民聚集在一起有多危险，他们不想冒任何风险。猴子们从不会贸然打斗，除非他们以一百对一个，不然很少有丛林兽民能注意到这种数量上的不同。

"我去西墙，"卡奥小声说道，"再从斜坡迅速下去，那里的地形对我有利。他们不会几百只都扑到我背上，但……"

"我知道，"巴希拉说道，"要是巴鲁在这里就好了，但我们必须尽全力战斗。他们现在正带着莫格里开会，等那团云彩遮住了月亮，我就去平台那里救他。"

"祝捕猎顺利。"卡奥冷冷地说着，然后爬去了西墙。那里是所有的城墙中毁坏最轻的一段，大蟒蛇耽搁了一会儿才找到爬上石头的路。云团遮没了月亮，就在莫格里好奇接下来会发生什么的时候，他听见巴希拉轻盈的脚步声踩上了平台。黑豹已经尽全速跑上了斜坡，却几乎没发出一点儿声响，他在猴群中左右开打，他知道最好不要浪费时间咬他们，因为猴子们围着莫格里坐了五六十圈。一声声惊恐又愤怒的嚎叫声从猴群中传来。接着，巴希拉从在自己身下翻滚踢打着的猴子身上轻快地跃过。一只猴子大叫："这里只有他一个！抓他！咬他啊！"一大群猴子扭在一起厮咬、抓挠着巴希拉，同时又有五六只猴子抓着莫格里，把他拽上了花园凉亭的墙上，接着把他从圆顶的窟窿上推了下去。一个被人类养大的男孩可能会因此受到严重的伤害，因为那里足有十五英尺高，但莫格里是按巴鲁教他的方式掉下去的，他用双脚安全着地了。

"待在这儿，"猴子们对莫格里大叫道，"等我们收拾了你的朋友后再来陪你玩，要是下面那些有毒的家伙能让你活下来。"

"我们是同一血脉，你和我。"莫格里快速说出蛇族的语言。他能听见周围的石堆里传来的沙沙声和咝咝声，他又说了一次蛇族语言来确定一下。

"就是这样！全体拉上头兜！"有六个声音低低地说。印度的每一处废墟迟早都会变成蛇类的居住地，而这座旧花园凉亭里就生活着眼镜蛇，"站着别动，小兄弟，因为你的脚会踩到我们的。"

　　莫格里尽他所能静静地站着，他透过窗格子向外看，倾听着
黑豹周围激烈的喧嚣声，那里又是低吼，又是"吱吱"的叫声，乱
成一团。接着，巴希拉低沉嘶哑地咳嗽一声，他往后一退，竭力地往前撞，
又把身体一扭，扎进成堆的猴子中。这是巴希拉出生以来第一次用尽全力
战斗。

　　"巴鲁肯定在附近，巴希拉不会独自前来的。"莫格里想。接着，
他大声喊道："到水池那里去，巴希拉。跳到水池里去。跳进水里！到水

里去！"

巴希拉听见了，喊声让他知道了莫格里平安无事，给了他新的勇气。他不顾一切地为自己开路，一英寸又一英寸，径直去往蓄水池，又无声地停下来。接着，从最靠近丛林的一座倒塌的城墙边上，传来了巴鲁低沉的作战号子。老棕熊已尽了最大努力，他不可能来得更早了。

"巴希拉，"他喊道，"我来了。我爬啊！我赶啊！啊呀！我脚下的石头直打滑！坚持住！等我！你们这些无名猴辈。"他气喘吁吁地爬上平台，在猴浪中被淹没得只露出头来，但他干脆挺直了腰板，伸展开前爪，能抓住多少只猴子就抓住多少，然后开始有规律地击打他们，就像船的桨轮快速抽打水面一样。"哗啦"一声，接着又是"扑通"一声，这声音告诉莫格里巴希拉已经下到了水池里，猴子们不敢跟着跳进去。黑豹躺着直喘粗气，他的头刚好露出水面，同时，猴子们在红色台阶上站了有三层，他们怒气冲冲地上下蹦跳着，如果巴希拉从水池里出来援助巴鲁，他们就会从四面八方向他扑过去。就在那时，巴希拉抬起他滴水的下巴，绝望地用莫格里之前说给他听的蛇族口诀呼喊着卡奥。

"我们属于同一血脉，你和我。"卡奥一直没有现身，巴希拉以为他在最后关头跑了。棕熊巴鲁在平台边缘被猴子们压得快窒息了，但听到黑豹居然放下尊严用自己并不熟悉的口诀寻求帮助时，他还是忍不住咯咯地笑了。

卡奥刚刚找到能绕过西墙的路，他一扭身子落在地上，带下来的一块石头掉进了沟里。他可没打算放弃位置的优势，他一次又一次地绕起身子后又散开，好确定自己身躯的每一寸都处在战斗状态。在这段时间，巴鲁的战斗还在继续着，猴子们在水池边围着巴希拉喊叫，蝙蝠蒙在来回飞舞着，他把这场大战的消息带回并传遍了丛林，野象海瑟也抬起鼻子鸣叫，那些驻扎在丛林深处的猴民也都沿着树上的小路跳跃着前来帮助他们在冷巢战斗的同伴们，而且打斗声还惊起了方圆几英里内的鸟群。卡奥快速径直地杀了过来，他急着要捕猎。一条蟒蛇的战斗力就在他头部的强劲撞击中，这靠的是他全身的力量。要是你能设想出一支长矛，或是一只连续冲击的公羊，又或是由一个冷静、沉着的人操纵的一把将近半吨重的锤子，那你就能大致想象出卡奥战斗时的样子。一条四至五英尺长的蟒蛇如果击准一个人的胸口，能把他击倒，而如你所知，卡奥足有三十英尺长。他的第一击瞄准了围着巴鲁的那群家伙的中心，然后就不用再次出击了，因为猴子们四散逃开后喊叫着："卡奥！是卡奥来了！逃啊！快逃！"

　　每一代的猴子都会被他们的长者口中关于卡奥的故事吓得战战兢兢：卡奥是一个夜贼，他能像苔藓悄无声息地生长那样滑过树枝，卷走哪怕最强壮的猴子。卡奥能让自己看上去非常像枯树枝或是腐烂的树桩，就连最聪明的猴子也会中计，直到那"树枝"抓住他们。卡奥是猴子们在丛林里唯一害怕的兽类，没有一只猴子敢用正眼看他，谁也无法从他的怀抱里活着回来。因此，他们被吓到结结巴巴地逃到了墙上和房顶上。巴鲁吸了一口气，放松下

来。他的毛皮比巴希拉要厚，但他在搏斗中伤得很重。之后卡奥才第一次张开嘴发出一串长长的"唑唑"声，远处那些正匆匆地赶往冷巢城墙的猴子都停在原地，吓得哆嗦起来，直到脚下的树枝弯折后断掉。墙头和空屋子里的猴子们停止了喊叫，安静与沉默笼罩着冷巢，莫格里听见巴希拉从水池里上来后，摇摆着湿淋淋的身子。接着，喧闹声再度爆发。猴子们跳得更高了，他们爬上墙头，紧紧地贴在巨大石雕像的脖颈周围，沿着城墙尖叫和跳跃。与此同时，莫格里在花园凉亭里向上跳着，一只眼睛对着窗格，从门牙中发出猫头鹰般的叫声，来表达他对猴群的蔑（miè）视与嘲笑。

"把人娃娃从陷阱里弄出来吧，多的我也做不了了，"巴希拉喘着气道，"我们就带着人娃娃离开吧。他们还会再攻击我们的。"

"没有我的命令他们是不敢动的。待在原地！"卡奥唑唑地叫着，城市再一次安静了。

"我没能更早赶来，兄弟，但我想我听见了你的呼救声。"卡奥这话是对巴希拉说的。

"我……我刚才可能是喊过吧，"巴希拉答道，"巴鲁，你受伤了吗？"

"我不确定他们是不是把我扯成一百小块了，"巴鲁边说边郑重其事地摆摆这条腿，又摆摆那条腿，"哦！我很疼啊。卡奥，很感谢你，巴希拉和我多亏了你才能保住性命。"

"这没什么。那男孩在哪里？"

"在这里！我在一个陷阱里爬不出来！"莫格里大喊道。在他的头顶上方就是倒塌房顶的拱弧。

"快把他带走！他跳得就像孔雀马奥。他会踩死我们的小蛇的。"里面的眼镜蛇说。

"哈哈！"卡奥咯咯地笑着说，"看来这个男孩到处都有朋友啊，往后站，小男孩。对了，你们这些毒民最好也躲起来，我现在要把墙砸倒。"

卡奥仔细地查找着，终于在大理石窗花格上找到一处没有被涂上颜色的裂缝，那是一个薄弱点，他用头部轻拍了两三次比试下距离，接着把六英尺长身体的一部分完全升离地面，鼻子在前方全力猛击了六次。屏风墙破碎后掉进一团灰尘和垃圾堆中，莫格里跳出缺口，他把自己挂在巴鲁和巴希拉之间，两只手臂各搂住一个伙伴的脖子。

"你受伤没有？"巴鲁轻柔地抱着他问。

"我很疼，又很饿，不过身上一点儿擦伤都没有。但是……噢，我的兄弟们，你们流血了！猴子们把你们打得可真重……"

"他们也一样。"巴希拉说着舔起嘴唇看着平台和水池边上的猴尸。

"不碍事，不碍事的，只要你没事就好。噢，最让我骄傲的小青蛙！"巴鲁低声说。

"这事我们晚点儿再说，"巴希拉说，此时他的语调冷冰冰的，莫格里

一点儿也不喜欢，"这是卡奥，我们多亏了他才能打赢这一仗，你的性命也多亏他才得以保住。按我们的规矩感谢他吧，莫格里。"

莫格里转身看见巨蟒的头在他头顶一英尺的地方摇晃着。

"看来，这就是那个人类的小男孩了，"卡奥说，"他的皮肤真软，而且他也不像猴子。小男孩，当某个黄昏我新换了皮后，要当心我别把你错认成猴民了啊。"

"我们是同一血脉，你和我，"莫格里说，"今天晚上，我的命是从你手里捡回来的。要是以后你饿了，我捕杀的猎物就是你的。卡奥。"

"非常感谢，小兄弟，"卡奥的目光开始闪烁，"那么，一个如此英勇的小猎手能捕杀到什么呢？我想知道，下次等他行动时，我就跟在后面。"

"我什么动物也杀不了，因为我太小了，但是我会把山羊赶到那些想吃他们的兽民那里去。等你饿了就来找我，看看我说的是不是真的，"莫格里伸出双手说，"我还会一些技能，假如你要是掉进陷阱里，我就会偿还我在这里欠你、欠巴希拉、欠巴鲁的恩情。祝你们都捕猎顺利，我的老师们。"

"说得好！"巴鲁自豪地大声说着，因为莫格里真挚地表达了他的谢意。

蟒蛇低下头，在莫格里的肩头轻轻靠了一分钟："猴子们失算了，你有一颗勇敢的心和一副好口才，"他说，"这能让你在丛林中走得很远，但现在还是跟着你的朋友们快离开吧。快回家睡觉吧，接下来的场面你不该看。"

月亮正沉向山后，颤抖的猴群在房屋顶和防卫墙上挤作一团，看起来就像参差不齐摇晃着的麦穗。巴鲁走到水池边去喝水，巴希拉开始理顺自己的皮毛，而卡奥则滑到平台中央，他"咯嗒"一声合上下巴，把所有猴子的目光都吸引到自己身上。

"月亮落了，"他说道，"但光线还充足，你们能看得见我吗？"

从墙头上传来猴子们发出的类似风吹过树梢的呻吟声："我们能看得见卡奥。"

"很好。现在我要开始跳舞了，这是卡奥的狩猎之舞，你们坐下来静静地看吧。"卡奥说。

他转了两三圈，头从左舞到右。接着，又用身子绕成环形和数字"8"的形状，接着是一些柔软的、像软泥一样的三角形，后来又融成了四边形、五边形。他把身体盘绕成一堆，不紧不慢地蠕动着，还低唱着"嗡嗡"的歌

谣。天越来越黑，直到最后，卡奥的身体不停变换后形成的圆圈消失了，但还是能听见鳞屑摩擦地面发出的"沙沙"声。

巴鲁和巴希拉像石块般静立着，喉咙隆隆作响，脖颈上的毛发倒竖着，莫格里看见后十分惊讶。

"猴民们，"卡奥说，"没有我的命令，你们敢动脚或是动手吗？说话！"

"没有你的命令，我们不敢动脚和动手，卡奥！"猴子们乖乖地回答道。

"很好！都向我走近一步。"卡奥再次下达命令。

猴子们绝望地向前移动，而巴鲁和巴希拉也跟着他们往前僵硬地移了一步。

"近一点儿！"卡奥咝咝地叫着，于是他们又都动了一下。

莫格里双手搭在巴鲁和巴希拉身上要他们离开，这两只野兽才如梦初醒般动了起来。

"莫格里，把手放在我的肩上，"巴希拉小声说道，"就一直放在那里，不然我肯定会走到卡奥怀里去的。"

"只有卡奥才能在尘土上转圈，"莫格里说道，"我们走吧。"然后他们三个就从墙壁上的一个缺口溜出去，走进了丛林。

"呜……"巴鲁站在静止的树林下方害怕地说着，"我再也不会和卡奥结盟了。"

"他比我们厉害得多，"巴希拉浑身战栗，"再多待一会儿，我可能就走进他的血盆大口里了。"

"月亮再次升起来以前，那些家伙都会走上那条死亡之路，"巴鲁说道，"他会捕猎顺利的，以他自己的方式。"

"可他刚才到底在干什么？"莫格里问道，他对蟒蛇的魔力丝毫不知，"我看，不过就是一条大蛇在傻乎乎地转圈，一直转到黑夜降临，别的也没什么，而且他的鼻子全破了。哈哈！"

"莫格里，"巴希拉生气地说，"他的鼻子破了都是因为要救你，我的耳朵、腰、爪子，巴鲁的脖子和肩膀都是因为救你才被猴子咬伤的。巴鲁和我很长一段时间都不能再轻松地捕猎了。"

"这没什么，"巴鲁说，"只要人娃娃平安回来了就好。"

"这话倒是不假，可他浪费了我们大量时间，我们本可以大猎一场的，结果受了这么多伤。最重要的是，我还失去了荣誉。你要记住，莫格里，我可是黑豹，我是被迫向卡奥呼救的，在他的狩猎之舞面前，我和巴鲁都愚蠢得像小鸟。这一切，都是因为你和猴民们玩闹引起的。"

"确实如此，你说得对，"莫格里懊悔地说，"我是个坏人崽，我的心里很难受。"

"根据丛林法则，该如何教育他呢，巴鲁？"黑豹问道。

巴鲁本不想再给莫格里惩罚，但他不能篡改法则，所以他含糊地说："懊悔也不能延迟惩罚。可巴希拉，你要记得，他还很小呢。"

"我记得，但他做了错事，现在必须挨打。莫格里，你还有什么要说的吗？"

"没有。是我做错了。巴鲁和你都受了伤。这很公平。"

巴希拉爱抚般地轻轻拍了莫格里六下，在一只豹子看来，那样几乎连自己的幼崽都拍不醒，但对一个七岁的男孩来说，那却是他想要躲开的一顿痛打。挨完打之后，莫格里打了个喷嚏，一言不发地站起身。

"现在，"巴希拉说道，"跳到我背上来，小兄弟，我们该回家了。"

丛林法则最精妙的一点在于惩罚了犯错者后，就不会在这件事情上纠缠不休了。

莫格里把头靠在巴希拉的背上，沉沉地睡着了，就连被放进自家的山洞里时，他也没有醒来。

猴民的行路歌

我们成串地向前游荡，
连半路上的月亮也要羡慕我们！
难道你不嫉妒我们欢乐的队伍？
难道你不想要我们灵巧的双手？
难道你不想让尾巴弯成爱神之弓？

哈哈！你生了气？

不过，别放在心上，

兄弟，你的尾巴垂在身后晃悠！

我们成排地坐在树上，

我们的脑袋中有着美丽的幻想。

我们用做梦去实现愿望，
只用一两分钟把梦全做完，
我们的理想就能立刻实现！
我们的族群高贵、聪明又快乐，
仅凭想象我们就能实现愿望，
我们已经忘了理想是什么，
不过，别放在心上，
兄弟，你的尾巴垂在身后晃悠！
我们听到和学会了所有兽语，
不管蝙蝠、野兽或飞鸟，
长皮的、长鳞的还是长羽毛的，
叽叽喳喳快点儿说，
我们全都一起说！
好极了！妙极了！再来一遍！
现在我们说话就像人类！
不过，别放在心上，
兄弟，你的尾巴垂在身后晃悠！
这是猴民们所走的路。
加入我们跳跃的队伍吧，
那些野葡萄在枝头摇摆着，
我们像燕子一样穿过松林，
听我们醒着时的胡言乱语，

还有我们发出的美妙声音，

一定！一定！

我们要去干一些伟大的事业了！

老虎！老虎！

捕猎还顺利吗，英勇的猎手？

兄弟啊，等待猎物出现时既漫长又寒冷。

你捕杀的是什么猎物？

兄弟啊，他仍待在丛林里。

令你自豪的力量在哪里？

兄弟啊，它已从我的腹部和肋侧消逝。

你这么着急要到哪儿去？

兄弟啊，我要回我的窝里去，

等待着死亡。

现在，我们必须得回到第一个故事。在议会岩和狼族大战一场之后，莫格里离开了狼妈妈的山洞。他下山后来到村民们居住的耕地上，但没有在那里停留，因为离丛林太近了，他知道自己在议会岩至少树立了一个凶险的仇敌，所以他不想给这里的人类带来麻烦。莫格里继续匆匆前行，他沿着那条伸往谷底的坎坷小路小跑了近二十英里，到达了一个不知名的乡村。这里的山谷展开后形成了一块大平原，平原上面遍布着岩块，还横穿过一条条小溪。在平原的尽头，有一个小山村，另一端则是茂密的丛林，树林压下来后径直伸往牧场上的草地，牧场的边缘十分平整，就像被锄头斩断了一样。平原上到处都是正在啃草的牛群，放牧的小男孩们看见莫格里，都大叫着跑开了，那些徘徊在每个印度村庄里的黄毛土狗都吠叫起来。莫格里继续往前走，他已经很饿了。他来到村庄门口，看见在夜间用来挡大门的那棵大荆棘（jīngjí）树被推到了一边。

"呵呵！"莫格里发出一声嘲笑，他在夜晚捕猎食物时碰到这样的路障可不止一次了，"所以说，这里的人们也害怕丛林兽民啊。"

莫格里在村门口坐下，当一个人走出来时，他就站起身，用手指着自己张开的嘴巴，表示他想要吃的。那个人盯着他，然后跑回村里仅有的一条大路上呼叫着祭司。

祭司穿着一身华丽的白色衣服，额头上还有红色和黄色的印记。祭司来到村口，在他身后至少跟着一百个人，他们都盯着莫格里，谈论着什么，大叫着指着他。

"这些人类一点儿规矩都没有，"莫格里自言自语说，"只有灰猿才和他们一样。"因此，他把头发往后一甩，对着人群皱起眉头。

"他有什么可怕的？"祭司说道，"看看他手臂和大腿上的痕迹，那都是被狼咬出来的。他不过就是一个打丛林里跑出来的小狼孩而已。"

当然了，一起玩耍的时候，狼崽们经常不经意地啃莫格里，有时啃重了就会在他的手臂和大腿上留下白色的疤痕。但莫格里是不会把这叫作"咬"的，因为他知道真正的"咬"到底有多痛。

"哎呀！"两三个女人一齐说道，"竟然被狼咬了，这可怜的孩子！他真是一个英俊的孩子。他的眼睛炯炯有神。我赌上我的名誉，梅苏阿，他长得真像你那个被老虎叼走的孩子。"

"让我看看，"一个手脚上都戴着沉甸甸铜铃的女人说，她把手掌搭在眼睛上凝视着莫格里，"他看起来更瘦一些。虽然他不是我的孩子，但和我的孩子长得很像。"

祭司是一个聪明人，他知道梅苏阿是此地最富有的村民之妻。所以，他抬头看了会儿天，严肃地说："丛林把曾经带走的东西给还回来了。把这个男孩带去你家吧，我的姐妹，还有，可别忘了向祭司表达敬谢之意，因为我深刻地洞悉了人类的命运。"

"凭赎买我的公牛起誓，"莫格里对自己说道，"这场谈话真像是我又一次被狼群接纳入伙的仪式啊！好吧，如果我是人类，那我就必须变成一

个人。"

人群散开了，梅苏阿招呼莫格里去了她的小屋，屋里有一张涂着红漆的床架，一个印着可笑的图案、用来装粮食的木制大箱子、六个铜制煮菜锅、一个供奉着一尊印度神像的小壁龛（kān）[1]。墙上还有一面真正的镜子，就和他们在乡村集市上售卖的那种一样。

她给了莫格里一大杯牛奶和一些面包，然后把手放在他头上，看着他的眼睛。她想着，也许他真有可能是她的儿子，他又从当初被老虎叼走的丛林里回来了。她忍不住说："那苏，噢，我的儿子那苏！"

莫格里并没有表现出自己知道这个名字的意思的样子。

"你不记得我给你缝新鞋子的那天了吗？"她摸着莫格里的一只脚，他的脚掌就像兽角一样坚硬。

"不，"她悲伤地说道，"这双脚从来没有穿过鞋子，但你长得真的和我的那苏一模一样，你就当我的儿子吧。"

莫格里心神不宁，因为他以前还从没有在屋子里待过。他看了看房子上的茅草屋顶，料想如果自己想要逃走，随时都能将它扯碎，而且窗户上也没有窗闩（shuān），从那里逃跑也很方便。

"当人类有什么好的？"他问自己，"我连人类的语言都听不懂……现在的我又蠢又哑，就像人类在丛林里时一样，我必须学会他们的语言！"

---

[1] 壁龛：供奉佛像的小阁子，后来泛指装修时在墙身上留出的用来贮藏设施的空间。

以前和狼群在一起时，他模仿过雄鹿发出的示警声，也学过小野猪的哼唧声，这并不是为了好玩。所以，梅苏阿每说出一个词，莫格里就惟妙惟肖地模仿下来，天黑以前，他已经学会了很多小屋里的物品名称。

睡觉的时候发生了一些麻烦，因为莫格里不想在像豹笼子一样的屋里睡觉，他们关上门后，莫格里就从窗口跳了出去。

"就随他自己的意愿吧，"梅苏阿的丈夫说道，"在这之前他还从没在床上睡过觉呢。如果他确实是来当我们儿子的，那他就不会逃走的。"

莫格里在田地边缘一片洁净的草地上舒展开身体，还没等他闭上眼睛，一只软软的鼻子就在他的下巴下面顶他。

"嗨！"狼妈妈孩子中年纪最大的灰兄弟说，"醒醒，小兄弟，我捎了信给你。我跟着你跑了二十英里，这点儿回报真寒碜。你身上闻着有烟火味和牛群味，你已经完全像一个人类了。"

"丛林里的一切都还好吗？"莫格里边说边抱住他。

"除了被红花烧焦的那些狼，其余的都好。现在你听着，希尔汗被烧得很惨，他已经离开习欧尼山去远处捕猎了，毛皮不长出来，他是不会回来的。他发誓，等他回来后，他要把你的骨头埋在威冈加。"

"那可不好说，我也发誓要收拾他。有消息总是好的，今晚我累了，学习人类的新语言太累，灰兄弟，你以后要经常给我送消息啊。"

"你不会忘记自己是一只狼吧？人类不会让你忘了这一点吧？"灰兄弟

担心地问。

"永远不会。我会永远记得我爱你以及洞穴里的狼们，但我也会永远记得我已经被狼族赶出来了。"

"你也可能会被别的族群驱赶。人类终究是人类，小兄弟，他们说话时就像池塘里的青蛙那样呱呱叫。等我再来这里时，就在牧草边上的竹林里等你。"

从那晚之后的三个月里，莫格里几乎没有离开过村庄的大门，他因为学习人类的行为方式和风俗习惯而忙得不得了。首先，他得用布把

身子裹起来，这令他非常烦恼；其次，他得了解"钱"的概念，这个他一点儿都搞不懂；再次是耕地，他也看不出这有什么用；最后村里的小孩也让他很生气。幸运的是，丛林法则已经教会了他怎样收敛脾气，因为在丛林里，想要保全性命和获取食物都要靠冷静。但当孩子们取笑他不会玩游戏、放风筝，或是他说某个字发错了音的时候，他只是出于"宰杀弱小、光溜溜的人娃娃不算光明正大"这样的想法才没有把他们举起来摔成两半。

他一点儿也不知道自己的力气有多大。在丛林里，他知道跟野兽们相比，自己很弱，但在村子里，人们说他就像公牛一样壮。

莫格里也一点儿都不明白人与人之间的种姓区别。烧陶人的驴子滑到泥坑里，莫格里就拽着尾巴把他拖了出来，然后又帮他码好陶罐，让他运到卡尼瓦拉的集市上卖。莫格里的行为令人震惊，因为烧陶人的种姓很低，他的驴子就更不用说了。祭司斥责他，莫格里就威胁着要把他捆到驴背上，祭司告诉梅苏阿的丈夫还是尽快让莫格里去干活，然后村长就告诉莫格里他明天就得赶着水牛出去放牧了。没有什么能比这事更让莫格里高兴了。

当晚，因为被指派为村里的雇工，他去了集会。就和每天晚上一样，人们围成一圈，坐在一棵大无花果树下的石台边上。这是村里的夜会，村长、巡夜人、知道村里一切小道消息的理发匠、拥有一支塔尔牌毛瑟枪的老猎人比尔迪欧，他们碰面聊天然后一起抽烟；猴子们则坐在高处的树枝上叽叽喳喳；平台下的洞里住着一条眼镜蛇，他每晚都能得到一小盘牛奶，因为村民

认为他是圣蛇；老人们围坐在大树下说话，他们抽着有大大的烟袋的水烟，直到夜深，他们讲着关于神、人、鬼的奇妙故事；比尔迪欧则会讲起更精彩的丛林野兽的故事，直到坐在圈子外面的小孩听得眼珠都鼓了出来。他们讲的大部分故事都是关于动物的，因为丛林一直就在村民们的家门口。鹿和野猪偶尔会拱他们的庄稼；黄昏时，老虎还会不时公然地从村口大门附近叼走一个人。

莫格里自然知道他们讲的一些事情，他盖着自己的脸以免露出嘲笑的表情。比尔迪欧把毛瑟枪放在膝盖上，讲起一个接一个精彩而又魔幻的故事，莫格里听了后笑得肩膀直抖。

比尔迪欧解释说叼走了梅苏阿儿子的那只老虎是一只鬼老虎，他体内住着几年前就死去的狠毒的老放债人的亡魂。

"我确定，事实就是如此！"他说道，"因为在一次暴动中，普兰·达斯挨了打，还被烧了账本，从那以后他就瘸了腿，而我说的这只老虎也是跛子，因为他的脚掌印不平。"

"对，就是这样，事实一定就是这样的。"人们听到后一起点头附和。

"你的这些故事陈旧不堪，而且都是瞎说的，"莫格里忍不住插话说，"那只老虎生来就跛脚，丛林兽民们都知道这事。说什么放债人的鬼魂附在一个还不如豺狗胆大的野兽身上，真是一个傻帽。"

比尔迪欧此刻惊呆了，他有一阵子说不出话来，而村长则瞪大了双眼看着莫格里。

"哟！这是那个丛林来的小屁孩，是不是？"比尔迪欧说，"你最好安静点儿，长者说话时你得闭上嘴。你要是真的这么聪明，最好能把那只老虎的皮毛送到卡尼瓦拉去，因为政府开价一百个银币要他的命呢。"

莫格里站起身来准备离开。

"我躺在这里听了整个晚上，"莫格里回头说，"除了一两句话以外，比尔迪欧说的丛林故事没有一点儿是真的，虽然丛林就在他家门口，这要让我如何相信他曾经说过的他看见过鬼魂、神还有精灵的那些话呢？"

"是时候该让那个男孩去放牧了。"村长说，而比尔迪欧则吐了一口烟，对莫格里的质疑嗤之以鼻。

印度大部分村庄的习惯都是在清晨由几个男孩赶着牛群出去放牧，晚上再把牛群赶回来。就算这些牛能踩死一个白人，却任由自己被这些还不及他们鼻子高的小孩们吼叫并训斥着。只要和牛群待在一起，这些男孩就是安全的，因为就连老虎也不敢挑战一群牛。但他们只要离开牛群去摘野花或是捉蜥蜴，就有可能被老虎叼走。黎明时分，莫格里骑在领头大公牛拉玛的背上走过村里的大街。那群灰蓝色的水牛长着向后弯曲的牛角和凶猛的双眼，一头接一头地跟在拉玛身后走出牛棚。莫格里对和他一起玩的孩子们明确表示自己是他们的首领。莫格里拿着一支被磨亮的长竹枝敲打着水牛背，骑着水牛往前走着。他让一个叫卡米亚的男孩离他远点儿去放牧，还吩咐其他男孩

别随意离开牛群。

印度的牧场满是石块、矮树和小溪，牧群就分散在其间。水牛群一般守在池塘和泥地附近，他们喜欢在暖乎乎的泥巴里翻滚再晒上几个小时的太阳。莫格里把他们赶到平原边上，威冈加河从那里的丛林中流出。莫格里从拉玛背上下来后，跑到竹林里，找到了灰兄弟。

"啊！"灰兄弟说道，"这些天来，我每天都在这里等你。这放牛的活儿到底是什么意思？"

"这是人类下的命令，"莫格里说道，"我要给村里当一阵子牧人了。有什么关于希尔汗的消息吗？"

"他已经回到了这片乡村，在这里等你很久了。现在他又离开了，因为这里的猎物太少。但他一直准备杀掉你。"

"很好，"莫格里说道，"当他不在这里时，你或者四兄弟中的一个就坐在那块石头上，那样我一出村子就能看见你们。要是他回来了，你就在平原中央那棵大树下的河边等我。我们不需要在老虎嘴边晃悠。"

之后，莫格里挑了一个阴凉地躺下休息，水牛们就在他周围吃草。在印度放牧可算得上是世上最懒散的事情之一。水牛们走来走去，嘎吱嘎吱地嚼草，躺下来，又站起来接着走，连叫都不叫一声，他们只会哼哼。他们一头接一头地走下泥塘，摸索着路径钻进泥浆里，只剩下鼻孔和瞪得大大的蓝眼睛露在外面，然后他们就像被伐倒的大树一样躺下。阳光把岩块烤得蒸腾着热气，放牧的孩子们能听见一只鸢鹰在头顶几乎看不见的地方鸣叫，他们知道如果自己死了，或是水牛死了，那只鸢鹰就会扑下来，然后几英里开外的另一只鸢鹰看见他降落后也会跟来，下来一只，又下来一只，不等他们完全死去，就会有二十只鸢鹰不知从哪里冒出来了。

牧童们睡着后醒来，又睡着，他们会用枯草编几个小篮子，在里面放上蚂蚱之类的跳虫；他们还会抓到两只挥着钳子的螳螂，让他们打架；要么用长在田野里的来尿珠①穿一条项链；或者是观看蜥蜴在石头上晒太阳；在泥坑边，一条蛇捉住了一只青蛙，然后牧童们就用末尾有颤音的古怪的人类语言唱着长长的歌谣。这样的一天看起来比大多数人的一生还要漫长，他们也可能会造一座泥巴城堡，里面有泥塑的人物、马匹和水牛雕像，然后再把芦苇放进泥塑的手里，他们假装自己是国王，这些泥人都是他们的军队，或者假装自己是值得被尊敬的神。暮色降临，孩子们呼叫着发出指令，水牛们就从黏（nián）黏的泥浆里缓缓爬上来。牛群发出的声音就像一声接一声的枪响，然后他们就一头接一头地穿过灰色的平原，走回亮着灯光的村子里。

就这样，日子一天天过去了，莫格里带领着水牛群到泥塘去，每天他都能在平原那边一英里半远的地方看见灰兄弟的背影，因此知道希尔汗还没有回来。他每天都躺在草地上聆听环绕着自己的声音，然后回忆着在丛林里生活的那段时光。在那漫长而静谧（mì）的晨曦（xī）中，哪怕希尔汗的瘸腿

---

① 来尿珠：一种草本植物的种子，圆形，中间有空洞，因有利尿功能而得名。

在威冈加河岸上的丛林里走出一步，莫格里都能听见。

这一天终于到来了，莫格里看见灰兄弟没有在约定之处现身，于是他大笑着带领水牛走向大树边的小河一旁，那里到处盛开着金红色的花朵。灰兄弟坐在那里，他背上所有鬃毛全部倒竖起来。

"他已经隐蔽了一个月了，就是想要你放松警惕。昨晚，他和塔巴奎穿过了山岭，紧紧地追踪着你。"灰兄弟气喘吁吁地说。

莫格里皱着眉头："我倒不怕希尔汗，但塔巴奎很狡猾。"

"不用怕，"灰兄弟舔了舔嘴唇说，"黄昏时我碰到塔巴奎了。他正在向鸢鹰们卖弄他的聪明才智，不等我咬断他的脊梁，他就告诉我一切了。希尔汗计划今晚在村口埋伏，不为别的人类，只偷袭你。现在他正昂着头躺在威冈加那条干涸（hé）的大河谷里。"

"他今天吃过了吗？还是捕猎时扑了空？"莫格里问，因为这答案对他来说至关重要。

"黄昏时他捕到一头野猪吃了，也喝过水了。记住，希尔汗从不会节食，即便是为了复仇。"

"哈哈！傻子！蠢货！真是没脑子的家伙！他居然敢又吃又喝，他还以为我会一直等到他睡醒才现身呢！现在他躺在哪里？要是有十个同伴，我们就可以趁他躺着的时候把他按住。除非水牛们嗅到他的气味，不然，他们是不会跑去挑战希尔汗的。我们能不能绕到他的脚印后面去，好让水牛们嗅出老虎的气息？"

"他在威冈加河游了好长一段路，只为洗掉身上的气味。"灰兄弟说。

"肯定是塔巴奎告诉他的，我就知道。他自己是根本不可能想到这一点的。"莫格里咬着手指思考着，"威冈加大河谷的出口就在离这里不到半英里的平原。我可以带着牛群绕过丛林到达河谷出口，然后再冲过去，但是他可能从河谷的另一头溜走。灰兄弟，你能帮我把牛群分成两半吗？"

"我自己不行，但是我带了一个能干的帮手。"灰兄弟跑开后跳进一个洞里。之后从那里冒出了一个莫格里非常熟悉的狼头，炎热的空气中传来了整个丛林中最孤寂的叫声，那是狼在正午打猎时的嚎叫声。

"是阿凯拉！太好了！"莫格里鼓着掌叫道，"我早该知道你不会忘了我。我们现在最大的任务是把牛群分成两群。阿凯拉，你和小灰先把母牛和小牛赶到一起，再把公牛和耕田的水牛也单独赶成一群。"

两只狼不停地奔跑着，像是跳舞一样在牛群里钻进钻出，水牛们哼着鼻子，甩着头，不情愿地被分成了两群。一群是母水牛，她们把小水牛围在中间，瞪大眼睛警惕着，她们抬起蹄子，打算只要有一只狼停止不动，就冲上去将他踩死；在另一拨牛中，公水牛们边喘气边跺脚，虽然他们看上去更疯，但危险性更小，因为他们不需要保护小水牛。就算是六个人类也不可能把牛群分得如此整齐。

"还有什么命令？"阿凯拉喘着气说，"他们又要合到一起了。"

　　莫格里骑上拉玛的背说："把公牛们赶到左边去，

阿凯拉。灰兄弟，等他们走了，把母牛们聚在一起，把他们赶到河谷的另一

端去。"

　　"需要赶多远？"灰兄弟喘着粗气说，他开始扑咬牛群，好让他们乖乖

听话。

　　"一直赶到河谷两边希尔汗跳不上去的地方，"莫格里喊道，"让他们

待在那里，直到我们带着公牛们冲出来。"

阿凯拉嚎叫着把公牛赶了出去，灰兄弟则挡在母牛前面。母牛们朝他冲去，他跑在离她们只有一点儿距离的前方，带她们往河谷的尾部走，而阿凯拉已经把公牛们赶到左边很远的地方了。

"干得好！再冲一下他们简直就要跑起来了。小心啊，阿凯拉。公牛们冲得太猛了。啊！这可比驱赶黑雄鹿要凶险多了。你想得到这些家伙会跑得如此之快吗？"莫格里喊道。

"我年轻的时候也捕猎过这些家伙，"阿凯拉在烟尘中气喘吁吁地说道，"需要我把他们赶进丛林吗？"

"对！赶吧。赶快点儿！拉玛要发怒了。啊，要是我能告诉他今天我想要他干什么事就好了！"

公牛们掉了头，往右冲进了灌木丛。其他的放牧小孩在一英里远的地方看见这些牛后急匆匆地往村里跑，能跑多快就跑多快，嘴里大喊着这些水牛都疯了，他们全都跑散了。

但莫格里的计划很简单，他想做的就是带着公牛们绕一个大圈后上山，在河谷出口处再把公牛赶下山，在公牛和母牛阵里捉住希尔汗。因为他知道希尔汗在吃饱喝足之后是没有任何精力再战斗或跳上河谷两边的。现在，他用声音安抚着公牛们，而阿凯拉已经到了牛群后面，他哼叫了一两声让后面的公牛加快速度。这是一个很大的圈子，他们可不想因为离河谷太近而惊动了希尔汗。最后，莫格里把晕了头的牛群带到河谷出口处，来到一片陡直伸入河谷的草地上。从那个高坡上可以看见下面平原树林的顶端，但莫格里看的却是河谷的两边，他心满意足地看见河谷几乎是直上直下的，上面还爬满了藤蔓植物，这将使想逃出去的老虎根本没有地方下脚。

"让他们喘口气吧，阿凯拉，"莫格里举起手喊道，"公牛们还没有嗅到老虎的气味。我必须告诉希尔汗谁来了，我们已经把他围进陷阱了。"

他把手拢在嘴边，朝山谷下面喊，那声音几乎就像是穿过了一条隧道，而回声从一块岩石蹦到另一块岩石上。

过了很长一段时间，才传回了带着困倦的吼叫声。填饱了肚子的老虎刚醒来。

"是谁在喊？"希尔汗问道，同时，一只华丽的孔雀从河谷上张开翅膀飞了出来。

"是我，莫格里。你这偷牛贼，是时候让你去铺议会岩了！下去，快把他们赶下去，阿凯拉！下去，拉玛，快下去！"

牛群在斜坡边上停了半刻，但阿凯拉放声大喊着捕猎号子，于是他们一头接一头，像小船穿过急流一样向下冲去，沙石在周围高高地溅起来。牛群一旦跑起来就没有机会停下，在他们还没有完全下到谷底的河床之前，拉玛就闻到了老虎希尔汗的气味，于是他狂怒起来。

"哈哈！"莫格里骑在他背上喊道，"现在拉玛你能明白我是想让你踩死老虎了吧！"只见牛群吐着白沫，瞪大眼睛，像洪流一样往下冲，就像发洪水时大圆石被冲下了山坡。身体弱一点的水牛被顶到了河谷边上，他们知道前方有一只能令他们愤怒和恐惧的野兽，牛群一旦疯狂冲锋，任何老虎都别指望能抵挡得住。希尔汗听见了他们惊雷一般的脚步声后，站起身，笨重地往河谷深处走。他打量着两边，寻找逃生之路，但河谷的崖壁几近垂直，他只得继续走。因为晚餐吃得太多，他步伐沉重，此刻，他愿意做任何事，唯独不愿去战斗。牛群踏过了他刚离开的水塘，一路吼叫着，直到狭窄的河谷发出轰鸣声。莫格里听见从谷底传来回音，他看见希尔汗掉了头，这只老虎还算聪明，他也知道堵在前方的那群带着小牛的母牛群比身后的公牛群更加可怕。拉玛失足绊了一下后，又站起身来继续向前冲，他似乎踩到了什么软绵绵的东西，公牛们跟在他身后，全部冲进了另一群水牛中，那些较弱的水牛被相撞的冲击力掀得四脚离地。两群水牛都出了河谷冲到了平原上，他们又是顶，又是跺脚，又是喷鼻息。莫格里看准时机，从拉玛脖子上滑了下来，左右挥舞他的棍子。

"快啊！阿凯拉！把他们分开，驱散他们，不然他们就要互相打起来了。把他们赶走，阿凯拉。嘿！拉玛！我的孩子，乖，不用怕，都结束了。"

阿凯拉和灰兄弟来回奔跑着，咬着水牛们的腿，尽管牛群转了身准备再冲上河谷崖壁，但莫格里设法让拉玛掉了头，然后其他公牛也都跟着他到了泥塘里。

不用再一次践踏希尔汗了。他已经死了，鸢鹰朝他飞了过来。

"兄弟们，他死得像条狗，"莫格里说着摸出刀来，既然他和人类一起生活，他就总是在脖子上挂一把带着刀鞘的刀，"他居然都不反抗一下，他的皮要是铺在议会岩上肯定感觉不错，我们必须赶紧忙活起来。"

一个被人类教养出来的小孩可能从来没有想过自己要独自剥下一张十英尺长的老虎皮，但莫格里比谁都清楚野兽的皮是怎么长在身上的，也知道该怎么把它剥下来。但这可是项艰苦的活儿，莫格里又砍又撕，忙活了一个小时，而那两只狼就在旁边懒洋洋地伸着舌头，等莫格里发出命令的时候，他们就走过来帮忙拖拽。这时，一只手搭在莫格里的肩膀上，他抬头看见扛着塔尔牌毛瑟枪的比尔迪欧。孩子们告诉村民们水牛疯跑的事，比尔迪欧就怒冲冲地赶来了，他只是急着要训斥莫格里，因为他没有把牛群照看好。两只狼一看见有人走来就消失了。

"你都干了些什么蠢事？"比尔迪欧发怒道，"你以为自己能剥下一头老虎的皮吗？水牛是在哪里踩死他的？这是那只瘸腿老虎，他可是被悬赏了一百个银币呢。好得很，我就不追究你放跑水牛的事了，等我把虎皮拿到卡尼瓦拉领赏之后，说不定我会从奖励给我的钱中分给你一个银币。"他从腰上缠着的布袋里摸出打火石和火镰，弯腰去烧希尔汗的胡须。当地的大部分猎人都会烧掉老虎的胡须以防他的鬼魂纠缠自己。

"哼！"莫格里边说边撕下了老虎一只前爪上的皮，"这么说，你要把虎皮带去卡尼瓦拉领赏喽，还有可能分给我一个银币？可我要把这块虎皮拿来自己用。嘿！老家伙，把火拿远点儿！"

"你怎么敢这样跟村里的猎人首领说话！你不过是靠运气和利用这些水牛的愚蠢杀死了他。这只老虎刚吃饱，否则，他现在就该逃到二十英里之外了。你连该怎么正确剥皮都不知道，你这个要饭吃的小屁孩。我，比尔迪欧，竟然需要有人教育我不能烧了老虎的胡须！莫格里，我连一个铜板的赏钱都不会给你了，还要狠狠揍你一顿。快离开那只死老虎！"

"凭赎买我的公牛发誓，"莫格里说，此时的他正在想尽法子剥老虎肩部的皮，"难道我要和一个老猿人喋喋不休一整天吗？到这里来，小灰，这个人类让我烦死了。"

比尔迪欧本来还弯腰朝着老虎头，但突然发现自己四脚朝天躺在草地上，一只灰狼踩在他身上，莫格里继续剥着虎皮，仿佛整个印度只有他一个人似的。

"是的，"莫格里从牙齿吐出声音，"你说得完全正确，比尔迪欧。你确实连一个铜板的赏钱都不用给我，因为这只瘸腿老虎和我一直有笔旧账要算，现在我赢了。"

老实说，如果比尔迪欧年轻十岁，在森林里遇见小灰时，还可以跟他搏斗一番，但一只听令于这个男孩的狼可不是普通动物，况且这个男孩说他曾

经和这只吃人的老虎有过个人恩怨。那可是巫术，最可怕的魔法，比尔迪欧想着，他还想知道自己脖子上戴的护身符能不能保护他。他静静地躺着，一动也不敢动，仿佛在等待着莫格里也变身成一只老虎的那一幕。

"王啊！伟大的王。"最后他用沙哑的嗓子小声说。

"怎么了？"莫格里没有回头，咯咯笑了几声说。

"我只是一个可怜的老头子，我以为你只是一个放牧小子。我可以站起来走了吗？还是你的仆人想把我撕成碎片？"

"走吧，祝你平安。只不过

下次别再打我猎物的主意了。让他走吧，小灰。"

比尔迪欧以他最快的速度一瘸一拐地逃回村子，还不停地回头看莫格里是否变成了什么可怕的魔物。等他回到村子，他就跟人讲述了这个跟魔法或巫术有关的故事，这让祭司的表情变得非常严肃。

莫格里继续剥着老虎皮，快到黄昏的时候，他和两只狼一起才把那张绚丽的皮从老虎身上剥下来。

"现在，我们必须把这块虎皮藏起来，再把水牛赶回家！帮我把他们聚拢，阿凯拉。"

牛群在夕雾中聚拢，等他们走近村子，莫格里看见了灯光，然后听见寺庙里的海螺号角响了起来了，钟声也响了。似乎半个村子的人都在村口等他。

"是因为我杀掉了希尔汗而欢迎我吗？"他心想。

让他没想到的是，石块像阵雨般在他耳边呼啸而过，村民们吼道："你这个巫师！你这个狼崽子！丛林里的恶魔！现在赶紧滚吧，要不然祭司就要把你再变回狼！开枪打他，比尔迪欧，打他！"

随着塔尔牌毛瑟枪"砰"的一声射击，一头小水牛痛苦地大叫起来。

"他又使巫术了！"村民们吼道，"他能掉转子弹，比尔迪欧，枪打中的是你的水牛。"

"现在这样算怎么回事？"莫格里不解地问，砸过来的石块更多了。

"你的这些人类兄弟与兽民没有什么区别，"阿凯拉镇定地坐下来说道，"我还记得，子弹的意思代表着他们不仅要伤害你，还要把你驱逐出去。"

"你这只狼！你这只狼崽子！快滚！"祭司挥舞着一支神圣的零陵香树枝喊道。

"又来这套？上次因为我是人，这次又因为我是狼。我们走吧，阿凯拉。"

女人梅苏阿跑上前去喊道："啊，我的儿子啊！他们说你是巫师，能随心所欲地把自己变成野兽。我不信，但你还是走吧，不然他们会杀死你的。比尔迪欧说你是男巫，但我知道你已经为那苏报仇了。"

"回来，梅苏阿！"人群喊叫着，"快回来，不然我们就拿石头砸你了。"

莫格里对她笑了笑，但他却发出了奇怪的声音，因为一块石头扔进了他的嘴里。

"我不是男巫，快回去吧，梅苏阿。这一切只是他们今后在树下讲的一个烂故事。至少，我已经为你儿子报了仇。你跑得快一些吧，因为我要把牛群赶得比他们扔出的石头还要快！梅苏阿，永别了！"

"现在再来一次，阿凯拉，"莫格里生气地大喊着，"把牛群赶进来！"

水牛们都很着急地要回村子里。他们几乎不需要被阿凯拉驱赶，就像旋风般冲过了大门，把人群冲得东奔西逃。

"数清楚啊！"莫格里轻蔑地喊道，"说不定我偷了一头呢。数吧，我再也不会给你们放牧了。人娃娃们，永别了，我没带着狼群进来，把你们赶到街上挤成一团，这都要感谢梅苏阿。"

莫格里转身和老狼王一起离开了村庄，他抬头看了看星星，感到很快乐："我再也不用在笼子里睡觉了，阿凯拉。让我们拿上希尔汗的皮走吧。我们不能伤害村民，因为梅苏阿对我很好。"

月亮升起来了，把整个平原照成了奶白色，吓坏了的村民们看着莫格里的脚边跟着两只狼，而他则头顶着一捆虎皮，用狼的姿态平稳地小跑着，他的步子就像火焰一样，飞快地吞没了好几英里。后来，村民们把寺庙的钟撞得比以前更响、把海螺号角吹得比以前更嘹亮了。梅苏阿哭喊着，而比尔迪欧又给他的丛林冒险添枝加叶，最后他说当时小灰的后腿直立了起来，还像人类一样说话。

莫格里和两只狼来到议会岩山的时候，月亮刚刚落下，他们停在狼妈妈的山洞口。

"人类从村子里把我赶出来了，妈妈，"莫格里喊道，"但我遵守了诺言，我把希尔汗的皮带回来了。"

狼妈妈呆呆地走出山洞，身后跟着狼崽们，她看着虎皮，眼神中充满了喜悦。

"那天他的头和肩膀拱进山洞里想要你命的时候,我就告诉过他了,小青蛙。我说捕猎者也会有反被捕杀的那一天,干得漂亮!"

"小兄弟,干得真棒!"树丛里一个低沉的声音说道,"你不在丛林时,我们可真寂寞啊!"巴希拉跑到莫格里光溜溜的脚前。他们一起登上议会岩。莫格里把虎皮平铺在阿凯拉以前坐着的石块上,然后用四个竹片钉好,阿凯拉躺在上面,对议会成员喊起了旧日的号令,和莫格里第一次被带到这里时喊的内容一样:"看吧!看仔细了,狼族成员们!"

自从阿凯拉被赶下台之后,狼族就一直没有首领,他们都是随着自己的意愿捕猎或是战斗。他们出于习惯回答了阿凯拉的号令,有些狼掉入陷阱后腿瘸了,有些狼被枪打伤后跛了脚,有些因为吃了肮脏的食物而浑身长满疥癣,还有些狼甚至失踪了。但他们今天来到了议会岩,所有剩下的狼都来了,他们看见希尔汗被剥掉的毛皮铺在岩石上,巨大的爪子连在落空的虎脚上摇摇晃晃。就在那时,莫格里编了一首歌,歌词完全是自己涌上喉咙的,于是他就大声唱出来了,他一边在那张咔嗒作响的虎皮上蹦跳,一边用脚后跟打着拍子,直到自己再也喘不过气来,而灰兄弟和阿凯拉就伴着莫格里的歌声嚎叫着。

"看仔细了,狼族成员们。我是不是遵守了诺言?"莫格里说。

狼群大叫道:"是!"

一只毛皮褴褛（lánlǚ）的狼嚎叫着："再重新带领我们吧，阿凯拉！重新带领我们吧，人娃娃，因为我们已经厌倦了没有法则的生活，我们想再次成为自由狼族。"

"不行，"巴希拉咕哝道，"那可行不通。你们一旦填饱肚子，就会再次背叛。自由狼族不是白叫的，你们为自由战斗过了，你们现在也得到了自由。好好享用吧，狼族成员们。"

"人类和狼族都已经把我赶出来了，"莫格里说道，"现在，我要在丛林里独自捕猎。"

"那么，我们就跟你一起捕猎。"莫格里的四只狼兄弟说。

莫格里离开了议会岩，从那天以后，他就和四只狼兄弟一起在丛林中捕猎。但他并不是一直孤单着，因为几年之后，他长大成人并且结了婚。不过，那就是另一个该讲给大人们听的故事了。

莫格里之歌①

这是莫格里之歌，是我，莫格里在歌唱。

让丛林兽民们听听我的英勇事迹。

希尔汗说他要猎杀，要猎杀！

在黄昏的村门口，他要杀了小青蛙莫格里！

他又吃又喝。

喝个够吧，希尔汗，什么时候你还有机会再喝呢？

睡吧，在睡梦里你才能捕猎成功。

我一个人待在牧场上。

灰兄弟，到我这里来！

到我这里来，孤狼阿凯拉，这里有一个大猎物！

把那一大群公水牛带过来，蓝眼睛的公牛群怒气冲冲。

按照我的命令，灰兄弟把他们来回驱赶。

你还在睡啊，希尔汗？

醒醒！

我来了，后面跟着公牛群。

拉玛，水牛首领，踩着脚。

威冈加的河水啊，希尔汗去哪里啦？

他不是刨坑的伊奇，也不是会飞的孔雀马奥。

---

① 这是莫格里在议会岩上踩着希尔汗的虎皮跳舞时所唱的歌。

他不是蝙蝠蒙，会挂在树枝上。

嘎吱嘎吱摇曳（yè）的细竹子啊，告诉我他逃到哪儿去啦？

噢！他在那儿。

啊哈！他在那儿。在拉玛的脚下躺着呢。

起来啊，希尔汗！起来捕杀啊！

这儿有肉，快来咬断公牛的脖子啊！

嘘！他睡着了。

我们别吵醒他，因为他的力气是很大的。

鸢鹰已经飞下来看到他了。

黑色的蚂蚁已经爬上来认识他了。

他曾经有很多荣誉。

哎呀呀！

我没有好看的衣服，鸢鹰会看见我裸露的身体。

我羞于见到旧日的朋友。

借我你的外套吧，希尔汗。

借我你那有着艳丽条纹的外套吧，我就可以穿着它去议会岩了。

我曾对着赎买我的公牛起誓，一个小小的誓言。

我要遵守诺言，便要剥下你的皮毛。

用小刀，用人类使用的小刀，

用猎人的小刀，我要为我的礼物而弯下腰。

威冈加的河水啊，

希尔汗把他的皮给了我，因为他对我念念不忘。

拉扯啊，灰兄弟！

拉扯啊，阿凯拉！希尔汗的皮真重啊。

人类发怒了。

他们用石头砸我，说出幼稚的话。

我的嘴在流血，让我离开吧。

穿过黑夜，穿过炎热的夜晚，

和我一起快跑吧，我的兄弟们。

我们将离开村子的灯火，然后走进黯淡的月光。

威冈加的河水啊，人类已经将我驱逐了出来。

我对他们无害，但他们却怕我。为什么？

狼族啊，你们也将我驱逐了。

丛林对我关闭了，村庄大门也对我关闭了。为什么？

就像蝙蝠蒙介于野兽和鸟儿之间，

我也徘徊在村庄和丛林之间。为什么？

我在希尔汗的皮上舞蹈，但我的心情非常沉重。

我的嘴巴被村民扔的石头砸烂了，

但我的心很轻盈，因为我回到了丛林里。为什么？

这两种东西在我体内纠缠在一起，就像春天的两条蛇在打架。

泪水从我眼里掉下来，然而它掉落时我却笑了。为什么？

莫格里有两个，一个属于丛林，另一个属于人类。

希尔汗的皮正在我脚下，

所有丛林居民都知道我杀了希尔汗。

瞧啊！

瞧仔细了，噢，狼族成员们！

啊哈！

我的心情很沉重，因为那些无法理解的事情。

白海豹

安静点，我的宝贝！黑夜就在我们身后，

漆黑的海水闪着墨绿色的光芒，

在浪花之上，月亮正低头寻找着我们，

它在沙沙作响的浪窝间休息。

相互拍打的浪花，就是你柔软的枕头，

啊！长着鳍（qí）足的小家伙累了，那就蜷起来舒服地睡吧！

风浪吵不醒你，鲨鱼也不会追赶你，

怀抱着温柔起伏的海水安睡吧！

——《海豹摇篮曲》

所有的这些事情都发生在几年前一个叫诺瓦斯托什那的地方，那里又叫东北岬（jiǎ），远在位于白令海峡的圣保罗岛上。这个故事是巧妇鸟利莫森告诉我的，那时他被风刮到一艘开往日本的轮船上，我把他带回我的客舱里让他取暖，还喂养了他几天，直到他又能重新飞回圣保罗。利莫森是一只非常古怪的小鸟，但他却知道该如何讲述故事的真相。

除非有事情要办，不然谁也不会来诺瓦斯托什那，在那里，经常有事情要办的只有海豹们。夏季来临时，他们成群结队地从冰冷又灰蒙蒙的海上来到这儿。因为诺瓦斯托什那的那片海滩是全世界最适合海豹的栖居地。

海卡其知道这一点，于是每年春天他不管在哪儿，都会像一艘携带着鱼雷的快艇一样直奔诺瓦斯托什那而来，他会花上一个月时间跟同伴们打斗，只为了能争得一个尽量靠近大海的地盘。

海卡其已经十五岁了，他是一只巨大的灰皮海豹，他的肩胛（jiǎ）上几乎长满毛，还长着又长又凶恶的犬牙。当他用前面的脚蹼（pǔ）站起来时，离地超过四英尺高，要是有谁曾大胆地称量过他，就会知道他的体重将近七百磅。他全身上下都是因疯狂搏斗而留下的疤痕，但他又总是随时准备好再打上一架。他把头偏到一边，就像是避免用正脸面对敌人一样，然后他的头就像子弹一样发射出去，当他的大尖牙牢牢地咬在另一头海豹的脖子上时，那只海豹就会尽快想办法逃走，但海卡其才不会怜悯他们。

海卡其从不会追赶一头被他打败的海豹，因为那是违背海滩法则的。

他只想海边有一个地方可以当他的育儿所，因为每年春天都会有四五万头海豹争抢同样的地方，到那时，海滩上响起的尖叫声、怒吼声和咆哮声会非常惊人。

在一座名叫哈金森山的小山上，你可以看见周围超过三英里半的地面上全都是正在打斗的海豹，而且海浪中也到处都是海豹的头，他们也急着要在登岛后加入打斗。他们在波浪里、在沙滩上、在磨得光溜溜的玄武岩旁边打架，他们就像人类一样愚蠢而且不肯通融。他们的妻子直到五月底或六月初才会登岛，因为她们可不想被撕成碎片。那些年轻的海豹们不用养家，于是他们就穿过打斗者的行列，再往岛中央前进半英里，他们成群结队地在沙丘上嬉戏，把那里长出的每一棵绿色植物全蹭秃了。他们被叫作"霍鲁斯切奇"，也就是"单身汉"的意思，他们的数量单在诺瓦斯托什那可能就有二三十万头。

有一年春天，海卡其刚打完他的第四十五场架，他那身段柔软、皮肤光滑、眼神温柔的妻子玛特卡从海里上了岸，海卡其咬住她的后颈把她提起来放进自己占领的地盘上，粗鲁地说："和往常一样晚到，你去哪儿了？"

海卡其待在海滩上的四个月是没空去吃任何东西的，所以他的脾气一直很坏。玛特卡知道此时最好不要回答他。她环视着四周柔声地说："你干得真漂亮啊，你又抢到了老地方。"

"就应该找以前的地方，"海卡其说道，"瞧瞧我！"

他被抓伤了，身上有二十个地方在流血，他的一只眼睛几乎瞎了，肋侧也布满一条条伤痕。

"天哪，你真英勇，你真是一个男子汉！"玛特卡说着伸展开后蹼，"不过你们男人为什么不能通点儿事理，安安静静地商定地盘的归属呢？你看起来就像和虎鲸打了一架。"

"从五月中旬开始，我什么都没做，就一直在打架。这一季的海滩真是挤得要命。我已经至少遇见了一百头从卢卡农海滩过来抢地盘的海豹们。为什么他们就不能待在自己的地盘上呢？"

"我总是想，如果我们改变主意到沃特岛去而不是住在这个拥挤的地方，或许会快乐得多。"玛特卡说。

"呸！只有单身汉才去沃特岛。要是我们也去，他们就会说我们胆小。我们必须要面子啊，亲爱的。"

海卡其自豪地把头埋在自己肥胖的双肩之间假装在小睡，但其实他一直都在密切监视着周围，准备随时战斗。此时，所有的海豹和他们的妻子都已经上了岛，从几英里开外的海面上就能听到他们的喧闹声，那声浪能盖过最猛烈的暴风雨声。据最低估计，海滩上也有超过一百万头海豹。老海豹、海豹妈妈、小宝宝、单身汉们，他们单挑着、混战着、"咩咩"地叫着爬来爬去，一起玩耍嬉戏。他们成群结队地跳进海里，又从海里爬上岸，躺在视线能看见的每一寸土地上，然后又穿过大雾一对一地前去战斗。除了太阳刚出来时的那一小会儿，诺瓦斯托什那总被雾气笼罩，阳光照耀下的万物都发出珍珠和彩虹般的光芒。

玛特卡的孩子柯提卡就出生在那场混战之中，他的头和肩都是灰白色的，和所有的小海豹一样，他长着一双水汪汪的蓝眼睛，但他的外表还是有些特别的，他的母亲正仔细地盯着刚出生的他看。

"海卡其，"她说，"我们的孩子会长成白色的！"

"一派胡言！"海卡其哼了一声，"世上从来就不曾有过白色的海豹。"

"那也没办法，"玛特卡说道，"现在就有了。"

然后，她低声温柔地唱起了海豹歌谣，这是所有的海豹妈妈都会唱给自己的宝宝们听的歌：

六周之前你可不能游泳啊，
不然你会头下脚上地沉下去呀！
还有夏天的风暴和虎鲸，
都是海豹宝宝的敌人呀。
亲爱的小宝宝呀，
要小心最坏的敌人啊！
快去玩水吧，茁壮地成长吧，
你可不能犯错误呀，
因为你是广阔海洋的孩子啊！

当然，一开始柯提卡是不明白歌词的意思的。他划着水，往妈妈身边爬去，当他的爸爸在和别的海豹打架、大吼着在滑溜溜的岩石上滚上滚下时，他学会了躲到一边去。母亲玛特卡经常下海捕食，每隔两天喂一次宝宝，柯提卡把能吃的东西全都吃了，因此他长得很强壮。

柯提卡单独行动时所做的第一件事就是爬去岛的内陆，在那里他碰到了成千上万头和他年龄相当的小海豹，他们就像小狗一样一起嬉闹着，在干净的沙子上睡觉，然后又爬起来玩耍。海豹窝那边的老海豹压根儿不理睬他们，单身汉们也都待在自己的地盘上，因此这些海豹宝宝们玩得很开心。

当玛特卡从深海捕完鱼返回后，她就直接到宝宝们玩耍的地方呼叫柯提卡，就像绵羊呼叫小羊羔一样，然后她一直等到自己能听见柯提卡发出"咩咩"的叫声。接着，她会沿着最笔直的路线向他走去，她用前鳍往外拍打着，把其他的小海豹们撞得四脚朝天、东倒西歪。这里经常有几百只海豹妈妈在游乐场上寻找她们的孩子，孩子们也总是被撞来撞去。但正如玛特卡告诉柯提卡的那样："只要你不躺在泥浆里染上皮肤病，不把脏兮兮的沙子蹭到伤口里，不在狂风暴雨时下海游泳，就没有什么会伤害到你。"

小海豹和小孩子一样，刚开始时都不会游泳，但不学会游泳他们就很不开心。柯提卡第一次下海时，一道浪把他卷进了超出他驾驭深度之外的海里，他大大的头沉了下去，小小的后鳍却翻了上来，正如他的妈妈在歌声里告诉他的那样，如果不是下一道浪又把他送回到岸上，他可能已经淹死了。

从那以后，他就学着躺在海滩上的浅水洼里，在这里海浪只能盖住他的身体，他拍着水花就能浮起来，他总是睁大眼睛警惕着可能会伤害到他的大风浪。他用了两周时间才学会运用前鳍，在那两周里，他在水里来回扑腾，不是呛到水直咳嗽，就是咕噜咕噜喝了很多水，他爬上海滩打瞌睡后又回到海里，直到最后，他发现自己已经真正学会游泳了。

然后你就可以想象他和同伴们一起度过的欢乐时光了。他们躲在浪花下面，或者乘上浪头的顶峰，随着浪花一起被冲到远远的海滩上，然后"啪"

的一声着陆，溅起水花；要么就像老海豹一样用尾巴直立起来，抓挠自己的头；又或者在波浪正好冲刷不到又长满草的岩石上玩"我是城堡之王"的游戏。

他不时会看见一个薄薄的鳍正接近海滩，就像是鲨鱼的鳍，他知道那是虎鲸格拉普斯，他一捉到小海豹就会吃掉，然后柯提卡就会像箭一样冲向海滩，而那只鳍就会缓缓地摇摆着离开，仿佛他的主人并没有在找东西似的。

十月末，海豹们开始以家庭或部落为单位离开圣保罗前往

深海，海豹窝里也不再有打斗了，单身汉们可以在任何他们喜欢的地方玩耍了。

"明年，"玛特卡对柯提卡说，"你将会成为一个单身汉，但在今年，你必须学会怎样捕鱼。"

他们一起出发，穿越太平洋。玛特卡向柯提卡展示了如何仰躺着在水面上睡觉，他把鳍缩在身体两侧，小小的鼻子刚露出水面。再没有比太平洋摇晃的波浪还舒服的摇篮了。当柯提卡感到全身的皮肤开始刺痛时，玛特卡告诉他那是因为他正在学会感受"海水的味道"，这种刺痛、发痒的感觉意味着坏天气要来了，他必须拼命逃离。

"很快，"她说道，"你就会知道要游到哪里去了，但现在我们还是跟着海豚波帕伊斯吧，因为他非常聪明。"一群海豚正躲在水下破浪前行，小柯提卡用自己最快的速度跟着他们。

"你们怎么知道要去哪里？"柯提卡气喘吁吁地问。

那群海豚的首领转着他白色的眼睛回答道："当我感到尾巴刺痛时，这代表身后有暴风雨，小家伙，"他说道，"跟我来！当你在黏糊糊的海水中感到尾巴刺痛时，就意味着你后面有暴风雨，你必须朝着反方向游。这里的海水感觉真糟糕。"

这是柯提卡学会的很多事情中的一件，他总在学习。玛特卡教会了他很多知识，比如该如何沿着海底的沙洲追捕鳕（xuě）鱼和大比目鱼；该如何把三须鳕鱼从海藻间的洞穴中给赶出来；该怎样绕过在海底一百英寻①处失事的沉船残骸（hái），沿着鱼群游动的路线，像来复枪子弹一样从一个舷窗冲进去，又从另一个舷窗里冲出来；当整个天空布满闪电的时候，该怎样在浪顶跳舞；当短尾信天翁和军舰鹰顺风而下时，该如何向他们礼貌地挥鳍；该如何把鳍足紧贴着身子，蜷起尾巴像海豚一样跳出水面三四英尺高；不要捕食飞鱼，因为他们的全身上下都是骨头；如何能在十英寻深的水下全速前进时一口咬下鳕鱼的肩部；还有永远不能停下来张望人类的小船或轮船，尤其是不能看皮划艇。六个月以后，柯提卡已经完全掌握深海捕鱼本领了。在那段时间里，他几乎一直待在水里，他的鳍足从来没有接触过干燥的陆地。

有一天，当柯提卡半睡半醒地躺在胡安费南德兹岛外某处温暖的海域中时，他感到浑身懒散无力，就像人类在春天时腿脚无力一样，他想起了四万英里以外诺瓦斯托什那结实的优质海滩，想起了他和同伴们玩的游戏，想起了海藻的味道、海豹的吼叫声和他们的打斗。

他当即转过身，马不停蹄地向北游去，就在他前进的时候，他遇见了几十个海豹同伴，他们都要和柯提卡去同一个地方，他们说："你好啊，柯提卡！今天我们全都是单身汉了，我们可以在卢卡农海滩旁边海水的波浪中大跳火焰舞了，还可以在嫩草上玩耍。可话说回来，你是从哪里弄来的一身白

---

① 英寻：海洋测量中的深度单位，1 英寻 = 0.00183 千米。

毛皮呀？"

柯提卡的皮毛现在几乎变成纯白色了，尽管他感到非常骄傲，但还是只说了一句："快游！我全身上下都在渴望着那片土地。"然后他们便来到了自己出生的那片海滩，看见老海豹们，还有他们的父亲又在翻腾的雾气中打斗。

那晚，柯提卡和满一岁的海豹们跳了火焰舞。夏季的夜晚，从诺瓦斯托什那到卢卡农的一路上全都是火光，每头海豹都留下一条尾迹，就像烧着的油一样拖在身后，他们跳起来时还会有波浪碎裂成巨大的粼光条纹和漩涡。

接着他们到了岛内单身汉们的地盘，在新的野麦田里滚上滚下，讲述着他们在海里发生的故事。他们讲起太平洋就像男孩们谈起曾经采摘坚果的树林一样，如果有人类能听懂他们的语言，那他就可以绘制出一幅从来没有人见过的海洋地图。三四岁大的单身汉们从哈金森山上轻快地跳下来喊着："走开，小家伙们！大海可深得很，你们还不知道里面都有些什么呢。等你们绕过了霍恩角再说吧！嘿，你这一岁大的小东西，你从哪里弄的这件白外套啊？"

"我没有刻意去弄，"柯提卡说道，"这是长出来的。"就在柯提卡准备掀翻前来挑衅的单身汉时，沙丘后走出了两个黑头发、红脸蛋的人类，柯提卡以前还从没见过人类，他立刻咳嗽着把头低了下去。那个单身汉也只是匆匆逃开后坐下来呆呆地瞪着人类。他们不是别人，而是在岛上捕猎海豹的人类首领克里克·布特林和他的儿子帕特拉蒙。他们从离海豹窝不到半英里的小村庄而来，正在决定要把哪些海豹赶进宰杀圈里，然后再把他们做成海豹皮夹克。因为海豹是需要赶的，就像赶绵羊一样。

"瞧！"帕特拉蒙说道，"这里有一头白色的海豹！"

尽管克里克·布特林的皮肤上蒙了一层油烟，因为他来自阿留申，阿留申人都不太干净，但他的脸色还是立刻变得煞白，接着他就开始低声祈祷着："别碰他，帕特拉蒙。自打我出生以来还没有见过白色的海豹，他说不定是扎哈罗夫的鬼魂转世，去年他在一场大风暴中失踪了。"

"我是不会靠近他的，"帕特拉蒙说道，"他可不吉利。你真觉得他是老扎哈罗夫的转世吗？我还欠他几个海鸥蛋呢。"

"别看他，"克里克说道，"掉头去赶那些三四岁的海豹吧。工人们今天该剥两百张海豹皮，但这一季才开始，他们又是新手，就算只剥一百张也够他们忙的了。赶快！"

帕特拉蒙在一群单身汉面前"咔咔"地敲打着一对海豹肩胛骨，海豹们都停下来愣住了，噗噗地吹气。当他走近时，海豹们便开始向前移动，克里克赶着他们走向内陆，而那些海豹从没试图返回到他们的同伴身边。成百上千甚至上万头海豹看着他们被两个人类赶走，还是在照旧玩耍着。柯提卡是唯一提出质疑的海豹，但他的同伴中没有一头海豹能为他解释清楚缘由，除了告诉他每年有六周到两个月的时间，这些人类都会用这样的方式来赶走

海豹。

"我要去跟着。"柯提卡心里说，他沿着那群海豹的尾迹拖着脚蹼走着，紧张得眼睛几乎要从头上瞪出来了。

"那头白海豹跟着我们过来了，"帕特拉蒙喊道，"这还是第一次有海豹敢独自跑向屠宰场呢！"

"嘘！别回头看后面，"克里克说道，"那是扎哈罗夫的鬼魂转世！我必须去和祭司说说这件事。"

到屠宰场的路只有半英里，但走起来要花上半小时，克里克知道，如果海豹们走得太快，他们的身体就会发热，然后剥皮的时候毛就会一块块脱落。所以他们走得非常慢，他们经过了海狮颈，经过了韦布斯特宅邸（dǐ），一直走到了位于海滩上其他海豹们看不见的萨尔特宅邸。柯提卡跟在后面，气喘吁吁，充满好奇。他以为他走到了世界尽头，但在他身后，从海豹窝里传来的吼叫声还跟隧道里的火车鸣叫声一样响亮。然后克里克在苔藓上坐下来，掏出一只青灰色的手表计算着时间，让被驱赶着的海豹们降温三十分钟。柯提卡看见雾气凝成的水珠从克里克的便帽边缘滴落下来。接下来十到十二个人走上前来，每个人手里都拿着一支三四英寸长的木棒，木棒上包着铁皮，克里克用手指着挑出两三只被同伴咬伤或身体太烫的海豹，那些人就用海象脖子上的皮制成的厚靴子把他们踢到一边。克里克接着说："开始吧！"这些人就开始用他们最快的速度拿棒子敲打这些海豹的头部。

十分钟以后，柯提卡就再也认不出他的朋友们了，因为他们从鼻子到后蹼的皮都被人类撕开后扯了下来，然后扔到地上堆成一堆。柯提卡受不了这可怕的场景，他掉头飞奔回海里，此时他刚长出的短胡须由于恐惧而倒竖起来。

在海狮颈，大海狮们坐在海滩边上。柯提卡跳进冰凉的海水里，在里面摇晃着，痛苦地喘着粗气。

"这是哪个家伙？"一只海狮粗鲁地说，因为海狮们有一个规矩，他们的地盘不容许除了海狮之外的动物进入。

"我很孤单，非常孤单！"柯提卡说道，"他们正在海滩上屠杀所有的单身汉！"

那只海狮盯着柯提卡："胡说！你的朋友们还和以前一样在大声吵闹呢。你一定是看到老克里克把一群海豹的皮剥光了吧，他都那样干了三十年了。"

"真可怕。"柯提卡说，一道浪淹没了他，他退回水里，划动着双鳍在水里打着转，然后在离一块岩石三英尺远的地方停了下来。

"对一个一岁的海豹来说，你游得可真好！"那只海狮说道，他欣赏着柯提卡高超的泳技，"我想在你看来，那场面是相当可怕的，但如果你们海豹年复一年地到这里来，人类当然就会知道，除非你们能找到一个人类没有去过的小岛，不然你们会一直被屠杀的。"

"难道就没有这样的小岛吗？"柯提卡问道。

"我已经跟随着大比目鱼波尔图二十年了，但还是没有找到这样的地方。但瞧瞧你，你似乎很喜欢和长辈说话，你要是想去海象岛，就去找海维奇谈谈，他可能知道一些事情。别急着走啊，你要游六英里呢！我要是你，就会先上岸睡一会儿，小家伙。"

柯提卡觉得这是个好主意，所以他就游回自己的海滩，上了岸，睡了半个小时。和所有的海豹一样，柯提卡把全身抖了一遍后，就径直赶向海象岛，那是一个低矮多岩的小岛，正好位于诺瓦斯托什那东北方，那里到处都是礁石、岩块和鸥鸟的巢，海象在那里成群聚集。

他紧贴着老海象海维奇的脚边上了岸，那是一只块头很大、面貌丑陋的北太平洋海象，他浑身浮肿还长满了疙瘩，脖子粗，还长着满口长尖牙。除了睡觉的时候，他平时没有一点儿礼貌。此时，海维奇正在睡觉，他的后鳍在海浪里若隐若现。

"醒醒！"柯提卡大声叫道，因为海鸥叫的声音很嘈杂。

"哼！哈！什么事？"海维奇说，他用长尖牙敲了旁边的海象一下，叫醒了他，被叫醒的海象又敲了下一只，下一只又敲了旁边的一只，这样继续下去，直到他们全都醒了过来。他们朝着每个方向瞪眼，就是不看柯提卡所在的正确方向。

"嘿！是我啊。"柯提卡说着从海浪里浮了起来，看着就像一只小小的白色鼻涕虫。

　　"好吧！我宁可被剥了皮也不愿被吵醒！"海维奇说，海象们全都看着柯提卡，就像在一个俱乐部里，一群昏沉沉的老先生在盯着一个小男孩看。

　　柯提卡此刻不愿再听到任何有关"剥皮"的字眼了，他已经看够那场面了。所以他大声叫着："有没有什么海豹可以去但没有人类去过的地方？"

　　"自己去找吧，"海维奇说着便躺了下来，"走开，我们现在忙着呢。"

　　柯提卡像海豚一样跃到空中，竭尽全力地大声喊着："吃蛤（gé）蛎的家伙！吃蛤蛎的家伙！"他知道海维奇这辈子都没捉到过一条鱼，他一直吃着蛤蛎和海藻，尽管他假装自己是一个非常可怕的家伙。

　　那些一直在等待机会发疯的北极鸥、三趾鸥和角嘴海鸥也都自然地开始狂叫起来，而且，巧妇鸟利莫森说过："在海象小岛上开枪，将近五分钟你都听不见枪响。"所有的居民都

在疯狂地尖叫着："吃蛤蜊的家伙！老东西！"而海维奇则从一边翻到另一边，又是咕噜又是咳嗽着。

"现在你准备告诉我了吧？"柯提卡大声喊道，几乎要喘不过气来了。

"去问海牛吧，"海维奇说道，"要是他还活着，他就能告诉你。"

"我碰到他的时候，我怎么知道他就是海牛呢？"柯提卡掉转了方向问道。

"他是大海里唯一长得比海维奇还要丑的家伙，"一只北极鸥在海维奇鼻子下面打着旋尖叫着，"他更丑，脾气更糟！那个老家伙！"

柯提卡游回了诺瓦斯托什那，只留下海鸥们在海象岛上尖叫着。回去后，他发现自己只是试着想为海豹们找一个安全的地方，但谁也不支持他。他们告诉他，人类过去一直都会来驱赶单身汉，这是很平常的事，而且假如他不喜欢看残酷的场面，就不应该到屠宰场去。但是说这话的海豹以前都没有看过屠宰的过程，而这正是他们和柯提卡之间的区别。另外，柯提卡还是一头白海豹。

"你所能做的事就是快点儿长大，"老海卡其听了他儿子的历险之后说道，"成为一头像你爸爸这样的大海豹，在海滩上有个育儿窝，然后他们就不敢小看你了！再过五年，你就应该为自己的愿望而战了。"就连他温柔的妈妈玛特卡也说："你永远也不可能阻止屠杀的。到海里去玩耍吧，柯提卡。"于是柯提卡走开了，小小的心脏沉甸甸的。然后，他跳起了火焰舞。

那年秋天，他早早地离开海滩，独自出发了，在他倔强的脑袋里有一个坚定的想法：他要去找海牛，如果大海里有这个家伙。他还要去找一个安全的岛屿，那里要有结实的海滩可供海豹们生活，即使是人类也找不到他们。因此，他找啊找啊，从北太平洋找到了南太平洋，一昼夜要游三百英里。他遇到的险情讲也讲不完，他还差点儿被斑点鲨和双髻（jì）鲨捉住；他遇见了所有在海里蹿上蹿下的不值得信赖的恶棍、笨重却有礼貌的鱼、在一个地方生活了几百年并为此感到自豪的红斑扇贝，但他从没遇见过海牛，也从没找到一个理想的海岛。

如果有一个优质结实的海滩，后面又有斜坡可供海豹在上面玩耍，那里的地平线上就总会有捕鲸船在熬炼鲸脂，船上的烟囱里冒出浓烟，柯提卡知道那意味着什么。或者他看见曾经有海豹来过这个岛，然后被宰杀了，柯提卡就知道这里曾经来过人类，他们以后肯定还会再来的。

柯提卡找到一只短尾巴的老信天翁，信天翁告诉他，克尔格伦岛是一个太平、清静的好地方，但当他到达那里的时候，岛上正电闪雷鸣下起了雨夹雪，他几乎在险恶漆黑的悬崖上撞得粉身碎骨。但当他顶着狂风走出来时，看到就连这里也曾有过海豹窝。他所到过的所有的岛上都是这样。

巧妇鸟利莫森给了他一个长长的岛屿名单。柯提卡按着他给的名单找了整整五年，每年他都会在诺瓦斯托什那休息四个月，在这四个月里，单身汉们都取笑他和他的理想。他到过加拉帕格斯，那是位于赤道上一个热得恐怖的地方，在那里他几乎被烤死；他去过佐治亚群岛、奥克尼群岛、绿宝石岛、小南丁格尔岛、高夫岛、布维岛、克洛塞斯，甚至还去过好望角以南的一个小小的岛。但海上的所有居民都告诉他同样的事情：海豹们曾来过这些岛，不过人类的屠杀把他们都吓跑了。甚至当游出太平洋几万英里，到达了一个叫克里恩斯角的地方后，他在一块岩石上发现了一些皮毛乱糟糟的海豹，他们也告诉柯提卡这里有人类来过。

这几乎让他心碎，他绕过了克里恩斯角回到了自己的海滩上。在北上的途中，他在一个绿意盎然的岛上了岸，在那里他看见一头很老很老、奄奄一息的海豹，柯提卡捉了鱼给他吃，并把自己的伤心事告诉了他。

"现在，"柯提卡说道，"我要回诺瓦斯托什那了，就算我和单身汉们被赶进了屠宰场，我也不会在乎了。"

老海豹说："再试一次。我是已经灭绝的马萨弗埃拉海豹族群中的最后一头，在那些人类成千上万屠宰我们的日子里，海滩上曾流传着这样一个故事：有一天，一头白海豹会从北方而来，带领着海豹们去一个安全的地方。我老了，我将永远也看不到那一天了，但其他海豹却可以。你再多找一次吧。"

柯提卡翘起美丽的胡须说："在所有诞生在海滩上的海豹中，我是唯一一头白色的，而且不管是黑海豹还是白海豹，只有我想要寻找新的岛屿。"

这件事极大地鼓舞了他。那年夏天，等他回到诺瓦斯托什那时，他的妈妈玛特卡恳求他结婚然后安定下来，因为他已不再是单身汉，而是一头成年海豹了。柯提卡的肩胛骨上生着卷曲的白毛，身材像他的父亲一样壮实高大、勇猛威风。

　　"再给我一年时间吧，"他说道，"记住，妈妈，在海滩上冲得最远的总是第一道浪。"

　　奇怪的是，还有另一只母海豹觉得她也应该推迟到来年再结婚，于是在最后一次寻找岛屿的前夜，柯提卡和她在卢卡农的海滩上跳了一整夜的火焰舞。这次他往西前进，因为他跟上了一大群大比目鱼，为了保持充沛的体力，他每天至少要吃一百磅鱼。他追着鱼群们直到精疲力竭，于是他蜷起身体，睡在冲往柯帕岛的巨浪窝里。他很熟悉这片海域，大概在午夜时分，他感到自己轻轻地撞到了一片海草上，他说："嗯，今晚的潮汐很猛。"然后他在水下翻了个身，慢慢睁开眼睛舒展下身子。接着他像猫一样跳了起来，因为他在大片的海水中看见一些庞然大物正探头探脑地啃食着海草。

　　"凭麦哲伦海峡的巨浪起誓！"柯提卡从胡子下面的嘴里发出声音，"这些长相奇怪的海洋居民是什么？"

　　他们既不像海象、海狮、海豹、熊、鲸、鲨鱼、乌贼，也不像柯提卡以前见过的蛤蜊。他们的长度为二十到三十英尺，他们没有后鳍，只有一条铲状的尾巴，看上去好像是用潮湿的皮革削制成的。他们的头部是你曾见过的

动物中长得最蠢的，当他们不吃草时，就用尾巴末梢在深海里保持住平衡，像一个胖子挥舞手臂一样舞动自己的前鳍。

"嗯哼！"柯提卡说道，"祝捕猎顺利，先生们！"

那些庞然大物像青蛙仆从一样挥舞着前鳍向柯提卡作答。当他们开始再次进食的时候，柯提卡看见他们的上唇裂成两瓣，而两瓣上唇几乎能拉开一英尺远，然后再吃进一整团海草。他们把那些海草卷进嘴里，然后就认真地咀嚼起来。

"那种吃法可真是够难看的。"柯提卡说。

他们又开始鞠躬，柯提卡终于失去了耐性。

"很好，"他说道，"就算你们的前鳍多出了一个关节也不必如此卖弄吧。我看见你们鞠躬的样子非常优雅，但我至少应该知道你们的名字啊。"

他们那裂开的上唇蠕动着，呆呆的绿眼睛瞪着柯提卡，但还是没有出声。

"好吧！"柯提卡说道，"你们是我见过的唯一比海维奇还要丑的生物了，而且你们更加不懂礼貌。"

忽然间，柯提卡记起了当自己还是一岁大的小家伙时，在海象岛上的北极鸥对他喊的话，他高兴地在水中向后一翻，因为他知道自己终于找到了能给他答案的海牛。海牛们继续撕扯吞食着海草，而柯提卡则用他在旅途中学会的每一种语言向他们提问题，海中居民的语言类别几乎和人类一样多。但海牛们还是没有回答他，因为他们不能说话。他们的脖子上本应该有七节骨头，但实际上只有六节，这使他们在海里即使是和同类之间也无法交流。但是，如你所知，他们的前鳍上多了一个关节，通过上下和向前挥舞，他们之间用一套类似电报代码的笨拙动作来交流。

到天亮时，柯提卡的毛都竖了起来，他的耐性也去了死螃蟹才去的地方。海牛们开始缓慢地往北游，还不时地停下来，可笑地鞠躬交流。柯提卡跟着他们，他对自己说："这些愚蠢的种族，如果不是因为他们找到了安全的岛屿，可能早就被杀光了。对海牛足够安全的地方对海豹肯定也足够安全。不管怎么说，我希望他们的动作能快点儿。"

这种慢吞吞的前进速度令柯提卡十分厌烦。海牛群一天赶的路绝不可能超过四五十英里，夜间他们还要停下来进食，并且一直与海岸挨得很近。但不管柯提卡是绕着他们转圈，还是游在他们上面或是下面，都没有办法让海牛们游快半英里。他们到了更远的北方之后，就每隔几个小时举行一次鞠躬交流活动。柯提卡急得差点儿要把自己的胡子咬掉了，直到他明白他们其实是在寻找一股暖流之后，他才对海牛们多了几分敬意。

一天晚上，海牛们像石头那样沉下了闪耀的水面，自打柯提卡见到他们以后，还是第一次游得这么快。柯提卡跟在后面，海牛们的速度令他震惊，因为他做梦也没想到海牛竟然还是游泳好手。他们朝着岸上的一个悬崖进发，那面悬崖伸进深深的海底，他们钻进悬崖底部一个离海面二十英寻的黑暗洞穴里。他们游了很久很久，在跟随他们穿越那黑暗隧道之前，柯提卡迫不及待地需要大口地呼吸新鲜空气。

"我的脑袋啊！我差点儿憋死！"柯提卡从远端的水面升起后"噗噗"地大口喘着气，"真是潜了好久，不过也值了。"

海牛们渐渐分开，沿着这片柯提卡所见过的最优质的海滩边缘慵（yōng）懒地巡视着。

那里有绵延数英里、打磨得光溜溜的岩石，这正好适合做海豹的育儿窝，而岩石后面还有结实的沙地斜伸向内陆，可供海豹们嬉戏。另外，还有浪头可供海豹在里面跳舞，有高草可供打滚，还有沙丘可以爬上爬下。最幸运的是，柯提卡从海水的味道里感觉出这里以前没有人类来过，这一点真正的海豹是绝不会弄错的。

他所做的第一件事就是亲自去确认这里是不是适合捕鱼，然后沿着海滩边游泳边计算，在这翻腾着的美丽雾气中到底隐藏着多少座令人喜爱的低矮沙岛。在远海的北边，有一排沙洲、浅滩和岩礁，人类的船只永远都不可能靠近海滩六英里以内。在这些群岛和陆地之间又伸展着一片深海，一直延伸到垂直的悬崖边，而秘密入口就在悬崖下面的某处隧道里。

"这完全是又一个诺瓦斯托什那，但要比它好上十倍，"柯提卡说道，"海牛肯定比我料想的要聪明。就算有人类知道这里，他们也不可能从埋在海水深处、悬崖底部的洞里钻进来，而且这片伸展到海里的浅滩会将船只撞成碎片。如果说在大海边能有一个绝对安全的地方，那肯定就是这里了。"

他开始想念那些被他留在岛上的海豹们，尽管他想立刻返回诺瓦斯托什那，但还是彻底地探寻了一番这个新的国度，这样他就可以回答家乡的海豹们提出的所有问题了。

柯提卡潜入水下，这样可以确定秘密通道的入口处，他一路加速南下。除了海牛和白海豹，谁也没有想到过竟然还有这样一个世外桃源，柯提卡回

望那处悬崖，他自己也几乎不敢相信他曾游到过那下面。

柯提卡花了六天时间才回到家，尽管他游得并不慢。当他正好在海狮颈海滩登陆时，最先遇见的就是一直在等待着他的那只母海豹，而她从柯提卡的眼神里就看出他终于找到了梦想中的岛屿。

但当柯提卡告诉那些单身汉、父亲海卡其和所有其他的海豹时，他们都嘲笑他，一头和他年龄相仿的年轻海豹说："你讲的故事很棒，柯提卡，但是你不可能从一个谁也不知道的地方跑来命令我们就这样离开。请记住，我们一直在为自己的育儿窝战斗着，这样的事情你从未做过。你更喜欢在海里游手好闲地玩耍。"

其他的海豹也都嘲笑他，那头年轻的海豹开始把头从一边扭向另一边。他刚结婚，正为争抢育儿窝的事而烦恼。

"我没有育儿窝需要为之战斗，"柯提卡说，"我只想给你们找到一个能保证你们安全的地方，只会打架又有什么用？"

"呵呵，你要是畏缩了，那我就没什么可说的了。"那头年轻海豹难听地笑着。

"如果我打赢了你，你就会和我一起来吗？"柯提卡说。他的眼里冒出绿光，他为自己必须打架而感到愤怒。

"很好，"年轻海豹无所谓地说，"要是你赢了，我就跟你去你说的岛上。"

这只海豹没有时间再反悔了，因为柯提卡的头已经射了出去，他的牙齿咬进了年轻海豹脖颈下面的油脂里。接着，他朝后一蹲，把对手拖下了海滩，大力摇晃他，把他撞翻在地。接着，柯提卡对其他海豹吼道："在过去的五年里，我为你们尽了最大努力，但现在看来，不把你们的脑袋从那愚蠢的脖子上拽下来，你们是不会相信的。我现在就来教教你们。你们可要小心了！"

巧妇鸟利莫森告诉我，他每年都要看见一万头大海豹们在打架，但他这辈子还从没有见过这样的场面：柯提卡居然对海豹育儿营发起了进攻。他扑上自己能找到的最大的海豹，咬住他的喉咙，掐住他、猛撞他、重击他，直到他咕哝着求饶，然后才把他扔在一边继续朝下一头发起进攻。要知道，柯提卡从没像这些大海豹一样每年要禁食四个月，他的深海游历令他保持了极好的身体素质。另外，柯提卡最大的优势在于他此前从没打过架。他卷曲的白色鬃毛愤怒地竖着，眼中冒出火焰，大犬牙熠熠生辉，看上去威风凛凛。

他的父亲老海卡其看着他一路撕咬过来，将那些老海豹像大比目鱼一样拖来拽去，又把年轻的单身汉们撞得东倒西歪，咆哮着："他或许是一个傻子，但他却是整个海滩上最能打的！可别错殴了你的父亲啊，我的儿子！我是支持你的！"

柯提卡咆哮着回应父亲，于是老海卡其也摇摇晃晃地加入了战斗的行

列，他的胡须倒竖着，吼叫声像一个正在冒烟的火车头。

玛特卡和那只准备嫁给柯提卡的母海豹都退到一边欣赏着她们丈夫的英姿。那真是漂亮的一仗，只要看见有谁还敢抬头，父子俩就直接咬过去，直到谁也不敢抬头，然后他们就怒吼着肩并肩在海滩上神气地走来走去。

晚上，当北极光刚刚在雾气中闪烁发亮时，柯提卡爬上一块岩石俯瞰着，下面是七零八落的海豹窝和那些被撕得皮开肉绽、血流不止的海豹。

"现在，"他说道，"我可是给你们上了一课！"

"我的头真痛啊！"老海卡其说着，僵硬地站起身来，因为他也伤得厉害。

"就算是虎鲸，也不可能把他们打得更惨了。儿子，我为你骄傲，而且，我还要和你一起去你找到的岛，如果真有这样的地方。"柯提卡的妈妈说。

"听着，你们这些海里的肥猪！谁愿意和我一起去海牛们的秘密隧道？回答我，不然我就再给你们上一课！"柯提卡　　吼道。

海豹们的喃喃回应

声就像潮汐带来的波浪那样在海滩上涨涨落落。

"我们去!"成千上万疲倦的声音回答道,"我们将追随柯提卡,我们将追随白海豹!"

柯提卡把头低到两肩之间,自豪地闭上了眼睛。他不再是一只白海豹了,他从头到尾都被血染成了红色。但就算这样,他也不屑于打量或舔舐自己身上的任何一道伤口。

一周后,他和将近十万头海豹一起北上,去了海牛的秘密隧道。柯提卡带领着他们向前游,而待在诺瓦斯托什那的海豹们则认为他们是蠢货。但在来年的春天,他们全部在太平洋的渔场相遇了,柯提卡带走的海豹们向诺瓦斯托什那的同伴们描述了位于海牛隧道尽头的那片新海岸,于是越来越多的海豹离开了诺瓦斯托什那。当然了,这一切并没有立刻实现,因为海豹们并不十分聪明,他们需要很长一段时间才能在脑子里转过弯来。但年复一年,越来越多的海豹从诺瓦斯托什那、卢卡农和其他育儿营离开后去了那片清静避世的海岸边。柯提卡要在新海岸上坐一整个夏天,每年他都会变得更大、更肥、更壮,而单身汉们就围绕着他,在那片从来没有人类到过的大海里玩闹。

卢卡农的海滩①

夏季的海潮在翻卷的暗礁上吵闹，

清晨我遇上我的同伴，

（噢，可是我已经老了！）

我听见他们的齐唱声淹没了浪涛。

卢卡农的海滩啊！

这里有两百万个声音。

我们歌唱那咸水湖畔的舒适栖息地，

歌唱那冲下沙丘的伙伴们，

来自午夜的歌舞声把海水搅成火焰，

卢卡农的海滩啊，

在捕猎海豹的人类还没到来之前！

清晨我遇见我的同伴，

（我再也不会遇见他们了！）

他们成群结队地盖住了整片海滩。

声音传到了远方泡沫斑驳的海面上，

我们欢迎登陆的队伍，

我们唱着歌欢迎他们踏上海滩。

----

① 这是一首动听的深海之歌，圣保罗所有的海豹在夏季重返海滩时都会唱，这也是一首非常悲
  伤的海豹赞美诗。

卢卡农的海滩啊！

冬日的小麦长得那么高，

湿淋淋的青苔沙沙作响，海上的雾气浸透了一切！

我们玩耍的平地全都被磨得一片平滑，闪着光泽！

卢卡农的海滩啊！

这是我们出生的家乡！

清晨我遇上我的同伴，

一支溃（kuì）散的队伍。

人类从海上向我们射击，

在地上用木棒敲我们的头；

人类把我们当成蠢绵羊赶到盐场去屠杀，

但我们仍唱着卢卡农的赞歌。

在捕猎海豹的人类还没来之前！

掉头吧，掉头往南吧，噢，海豹们，去吧！

向深海之王诉说我们悲伤的故事吧。

趁暴风雨还没有猛冲上岸，

趁他们还没有绝迹于这片海滩，

卢卡农的海滩啊，

你将再也不认识他们的子孙！

大象们的托梅

我会牢记我属于哪个族群，我讨厌绳子和铁链！
我会牢记自己过去的力量和在丛林中的所有经历。
我不会为了能吃到一捆甘蔗就把力气卖给人类，
我要到我的同族那里，到洞穴里的丛林兽民中去！
我要跑出去，直到白天来临，直到黎明破晓。
我要出去享受风儿清纯的吻和清澈湖水的爱抚。
我会忘掉脚踝上的铁环，我要挣断拴住我的木桩！
我要找到我失去的爱人，还有那些没有主人的伙伴！

　　卡拉·纳格的意思是"黑蛇"，他已经凭借一头大象所能做到的所有方式为印度政府服役了四十七年。他被捉住的时候整整二十岁，那是一头成熟大象的年龄。他一直工作到了将近七十岁。他还记得自己仅凭借前额上绑的一块大皮垫子就推出了一门深陷在泥里的大炮，那还是1842年阿富汗战争之前的事了。记得当时，他还没有使出全力就完成了任务。

他和母亲拉达·皮亚丽在同一次围猎中被捕，在他奶白色的象牙还没长出来的时候，母亲就告诉卡拉·纳格：胆小的大象总会受到伤害。卡拉·纳格知道那条建议是有用的，因为有一次，当背上驮放的炮弹爆炸的时候，他尖叫着闯进了一个堆满来复枪的看台，枪上的刺刀扎进了他身上所有柔软的地方。所以，在二十五岁之后，他就不再胆小了，因此，他在为印度政府服役的大象中最受人们喜爱，同时他也是被照养得最精心的大象。

在印度军队的行军路上，他运送过一千二百磅重的帐篷。他曾经被一个蒸汽吊车吊到船上渡过了大海，被运送了数日后，到了一个离印度非常远的陌生国家去驮载一门迫击炮，他还看见了非洲的埃塞俄比亚皇帝西奥多死后被葬在了马格达拉，然后他又回到了汽船上，据士兵们说，那艘船后来还被授予了"阿比西尼亚战争"勋章。十年之后，他看见了自己的同伴们死于寒冷、癫痫还有饥饿；他在文莱一个叫阿里·马斯基德的地方中过暑；之后他被送往几万英里远的南方国家澳大利亚，在巴尔梅茵贮木厂运送和码放柚木。

在那里，卡拉·纳格差点儿杀死了一头不听话的年轻大象，因为那头大象逃避自己应该干的活。从那以后，人类就不再让他运木头了，而是让他和其他几十头受过专门训练的大象一起帮助人类在伽（jiā）罗山中捕捉野象。大象受到印度政府的严格保护，有一个部门的人别的什么事都不做，专门负责捕猎，他们把野象捉住后加以训练，之后再把他们送到全国各地去干活。

　　卡拉·纳格站起来时肩膀部位足有十英尺高，他的尖牙被切短至五英寸，牙的末端还被铜圈缠起来，以免裂开，不过他用残余的象牙能做到的事比任何未经训练的大象能做到的还要多，尽管他们的象牙尖利又完整。当人们谨慎地用了数周时间对分散在山里的野象们进行了驱赶后，四五十头野象被赶进了最后的围栏里，而在他们身后，那扇用树干捆在一起做成的大吊门"砰"的一声落下了，而卡拉·纳格也会走进火光闪亮、象鸣声刺耳的

象场（一般都是在夜里，火把的光芒使距离难以判断），然后人类从野象群中挑出象牙最粗、最尖利的一头象，他们会鞭打他，让他安静下来，而那些骑在其他大象背上的人就把个头小一些的野象捆起来绑紧。

打架对聪明的老"黑蛇"卡拉·纳格来说没有一点儿问题，因为在以前攻击那只受伤的老虎时，他曾不止一次地抬起两只前腿站了起来，他卷起自己的软象鼻子以免受到攻击，又把自己的头部当成镰刀飞速砍击，他从跳起来的老虎侧面撞了过去，把他掀到了半空中，这些都是他自己发明的招式。他把老虎撞翻后，就把巨大的膝盖跪在老虎身上，直到老虎喘着粗气大吼一声死掉，只有一张毛茸茸的带条纹的东西留在地上等着卡拉·纳格去拉尾巴。

"是的，"赶象人大托梅说，他是黑托梅的儿子，是黑托梅把卡拉·纳格带到了埃塞俄比亚，大托梅也是大象托梅的孙子，大象托梅见证了卡拉·纳格被捉的过程，"除了我，'黑蛇'谁都不怕。他已经见证了我们三代人喂他、照顾他的事迹，他还要一直活着直到见到第四代人。"

"他也怕我。"小托梅说着站了起来，他足有四英尺高了。他十岁了，是大托梅的长子，根据习俗，等他长大之后将取代父亲，骑在卡拉·纳格的身上，还将接管那沉重的铁质驯象棒，那根铁棒已被他父亲、祖父和曾祖父的手掌磨得光溜溜的。

他知道卡拉·纳格在说什么，因为他是在卡拉·纳格的影子下出生的，还不会走路时，他就握着大象的鼻尖玩，刚一学会走路，他就赶大象下水，而卡拉·纳格也不会再幻想着违抗他尖声尖气的命令。那天，当大托梅把这个棕色的小娃娃带到大象鼻子下告诉他要尊敬未来的主人时，他也没想过要杀死小托梅。

"是的，"小托梅说，"他怕我。"他跨着大步骑上卡拉·纳格，叫他"老肥猪"，然后命令他一只接一只地抬起脚。

"哇！"小托梅说道，"你是头大块头的象。"他晃着毛茸茸的脑袋，复述着自己父亲的话，"政府会支付大象们的开销，但大象是属于我们管象人的。等你老了，卡拉·纳格，会有一些富有的王公来把你从政府手中买走，根据你身形尺寸和表现付钱，之后你就没别的事可做了，只需要在耳朵上戴着耳环，背上披缀上华丽鲜艳的红布，驮着轿子走在国王队伍的前列就行了。那时，我会骑在你的脖子上，噢，卡拉·纳格，我手握银象棒，还会有人拿着金棍子跑在我们前面高喊：'为国王的大象让路！'那也不错，卡拉·纳格，但还是远不如在丛林里捕猎来得好。"

"呵！"大托梅喝道，"你是一个小孩，却像一头小水牛那样野蛮。像这样在山头上跑上跑下可不是什么好工作。我老了，我也不喜欢捕捉野象。我只想让政府把我调到砖砌的象场里，每头象住一间棚，用大树桩把他们拴得牢牢实实的，再有条平坦宽阔的道路可以在上面操练大象，而不是这种来了就走的营地。啊，考恩波象场就很好，那附近还有集市，一天只需要工作

三个小时。"

小托梅记得考恩波象场，他什么也没说。他非常喜欢营地生活，他厌恶那些宽阔平坦的大路和每天在储存的饲料中翻掘草料的日子；还有长时间无事可做，只能看着卡拉栓在树桩上烦躁不安的无聊时光。

小托梅喜欢的是爬上那些只能容下一头大象的马道。他喜欢钻到下面的山谷里，看那些在几英里以外吃草的野象和在卡拉·纳格脚下受惊奔逃的野猪和孔雀；还有在炫丽的雨水中，笼罩在所有的山头和谷底的烟雾。他渴望营地的生活，没有人知道他们晚上会在哪里驻扎。在赶象的前一天晚上，他们疯狂地奔跑，火光耀眼，喧闹声震天，而象群像泥石流中的卵石一般涌进栅栏后，发现自己出不去了，就往大柱子上撞，只有吼叫声、燃烧的火把和射来的空弹壳才能把他们赶回去。

在那里，就算是小男孩也能派上用场，而托梅比三个男孩加起来更有用。他拿着自己的火把舞动，用尽全力喊叫。但真正的好时机却是在往外赶象时到来的，克达象场看起来就像是一幅世界末日的图景，在此工作的男人们只能对彼此打着手势交流，因为他们听不见彼此的说话声。然后小托梅会爬上一根摇颤的栅栏木桩，他那被太阳晒褪色的棕色头发蓬松地飞舞在肩头，看起来就像火光中的精灵。只要那里安静下来，你就能听见他用高声调叫喊着，以此来鼓舞卡拉·纳格，那种声音比喇叭声、撞击声、绳索拍打声和大象被拴住时的呻吟声还要高。

"过去那边！卡拉·纳格！咬他一下！当心！撞他！当心木桩！啊！啊！嘿！嘿！呀啊！"他会不停地大喊，而卡拉·纳格和野象之间的大战就在克达象场中一直进行着。老捕象人擦掉他们额上的汗水，寻找时机朝正在木桩顶上愉快扭动身体的小托梅点点头，感谢他和他的大象的帮助。

小托梅并不只是会扭来扭去，一天晚上，他甚至从木桩上滑下来，溜进大象之间，把掉落的绳索松开的一头向上扔给一个赶象人，那人正试图紧紧捉住一头正不停踢打的小象，因为小象总是比成年象更麻烦。卡拉·纳格看见了小托梅，就用自己的鼻子卷住他，并把他举起来递给大托梅。大托梅当即打了他，又把他放回木桩上。

第二天早上，大托梅责骂他说："砌象场、运送小帐篷还不够好吗？你还非要自己去捕象，你这个混账的小东西。现在那些挣得还没我多的蠢猎手们已经把那件事跟皮特森·萨西布说了。"

小托梅吓坏了。他不怎么了解白人，但皮特森·萨西布对他来说是世界上最了不起的白人。皮特森是克达象场所有人类和大象们的首领，他为印度政府捕捉了很多头大象，他比任何活着的人都更了解大象。

"会造成什……什么后果？"小托梅说。

"后果！会发生最糟糕的事。皮特森·萨西布就是一个疯子，要不然他怎么会去捕猎这些野蛮的魔鬼呢？他说不定会要你去当捕象人，让你在充满热病的丛林里随便找一个地方睡觉，最后在克达象场被大象踩死！幸好这些谣言后来平息了。下周捕象就结束了，我们这些平原人就要被送回车站去。然后我们就顺着平坦的大路行进，忘掉所有的捕猎。但是，儿子，你掺和进阿萨姆丛林居民的肮脏事中让我感到很生气！卡拉·纳格只听我的话，所以我必须和他一起进入克达象场，但他只是一头战斗象，没法帮我们拴住其他的大象。所以我只能坐在一旁，就像一个象夫该做的那样，我说的象夫是指在退役之后能领取退休金的人，而不仅是一个猎手。大象托梅家族难道要被踩在克达象场的污泥中吗？你这坏孩子！调皮的家伙！没用的儿子！去为卡拉·纳格刷洗吧，检查一下他的耳朵，看看他的脚上有没有扎着刺。不然皮特森·萨西布肯定会抓住你，要你当野外的猎手，去追踪大象和丛林熊的脚印。呸！这可真丢脸！你去干活吧！"

小托梅一句话也没说就走开了，但检查卡拉·纳格的脚时，他向他倾诉了满腔心事。

"我才不管呢，"小托梅说着把卡拉·纳格巨大的右耳边缘翻上去，"他们在皮特森·萨西布面前提到了我的名字，说不定……说不定……谁知道呢？嘿！我拔出来一根大刺！"

接下来的任务就是把大象们赶到一起，让新捕获的野象在两头驯服的大象之间行走，以防他们在往平原行进的路上惹太多麻烦，同时还要清查那些在森林里用剩或是丢失的毯子、绳子之类的东西。

皮特森·萨西布骑着他那头聪明的母象帕德米妮走了进来，他已经支付过别的营地工人们的薪水，这一季的捕象活动即将结束了，当地的一个记账员坐在一棵树下的桌子旁向赶象人支付工钱。每个人领完薪水就走回自己的大象那里，加入那些准备出发的队伍。捕象人、猎手、助猎者是定期雇用的克达人，他们一年接一年地待在丛林里，此刻都各自坐在属于皮特森·萨西布永久财产的大象背上，或者是倚在树上，胳膊上挂着枪，取笑那些即将离开这里的外地赶象人，而当新捕获的大象挣脱队伍跑出去时，他们就大声笑着。

大托梅朝记账员走去，小托梅跟在他身后，捕象人马楚阿·阿帕小声地对他的一个朋友说："至少这里来了一个丛林捕象能手。要把这只丛林小公鸡送到平原去褪毛，真是可惜了。"

现在的皮特森·萨西布全身上下都是耳朵，因为他必须听见来自野象的声音，他们可是世界上最安静的动物。他转过一直躺在母象帕德米妮背上的身体，说："什么？我竟然不知道在平原赶象人中还有这么聪明的男人，他能捆住一头死象吗？"

"不是男人，是一个男孩。上次赶象时，他进入了克达象场，把绳索扔给了那里的巴摩，当时我们正准备捉住那头肩上有一块胎斑的小象，把他从象妈妈身边拖走。"

马楚阿·阿帕指着小托梅，皮特森·萨西布也打量着他，小托梅深深地鞠了一躬。

"他扔了一条绳子？他还没有一根木桩钉子大呢。小家伙，你叫什么名字？"皮特森·萨西布说。

小托梅害怕得不得了，没敢说话，但卡拉·纳格站在他身后，小托梅用手打了一个手势，卡拉就用象鼻子把他卷了起来，举到和帕德米妮额头平齐的位置，举到了不起的皮特森·萨西布的面前。小托梅用手遮住了脸，因为他还只是一个小孩子，除非涉及大象，不然他就和其他的小孩子一样腼腆。

"哟呵！"皮特森·萨西布说着从胡须之下露出微笑，"你为什么要教你的大象那样的技巧呢？是为了当人们在外面晒玉米穗时让他帮你从屋顶上偷青玉米吗？"

"不是青玉米，是能让穷人吃饱的瓜。"小托梅说。所有坐在周围的人都大笑起来。当这些人还是男孩的时候，他们也都教过他们的大象这样的技巧。小托梅双脚离地，被举在八英尺高的空中，可他此刻羞愧到希望自己能缩入八英尺深的地下。

"他叫托梅，是我的儿子，萨西布，"大托梅皱着眉说，"他是一个非常坏的孩子，他最终会坐牢的，萨西布。"

"我非常怀疑你说的话，"皮特森·萨西布说道，"一个男孩在他这个年龄就敢进入克达象场，他是不会坐牢的。你瞧，小家伙，这里有四个银币，给你买糖果吧，因为在你那浓密的头发下倒是有点儿小聪明。以后，你可能会成为一个好猎手的。"

大托梅眉头比以前皱得更厉害了。

"记着，就算这样，克达象场也不是小孩子玩耍的地方。"皮特森·萨西布接着说。

"我永远都不能去那里了吗，萨西布？"小托梅大喘一口气问。

"对。"皮特森·萨西布又笑了，"等你看过大象的舞蹈再说吧，那时就是合适的时候了。等你看过大象的舞蹈后再来找我，那时我就让你再去克达象场。"

人群中又发出一阵爆笑，因为这是捕象人之间流传的一个老笑话，意思是永远也不可能实现的愿望。在森林的深处隐藏着一块面积巨大的平地，那里被称为"大象的舞场"，但这种地方只有在非常偶然的机会下才能见到，而且从来没有人看见过大象的舞蹈。当一个赶象人吹嘘自己的技巧和勇猛时，其他赶象人就会讽刺说："那你是什么时候看见过大象跳舞的啊？"

卡拉·纳格把小托梅放下后，小托梅又朝皮特森·萨西布深深鞠了一躬，然后跟着他的父亲走了，他把四个银币给了正在照顾小弟弟的母亲。

大象队伍咕噜咕噜叫着，鸣啸着走下山路往平原进发。因为有了新捕获的大象，所以行进的途中充满了骚动，那些新捕获的大象每遇到一处树丛时都会惹麻烦，每隔几分钟就需要诱哄和敲打他们。

大托梅恶狠狠地用赶象棒捅着卡拉·纳格，因为他很生气，但小托梅却高兴得连话都说不出来，皮特森·萨西布注意到他了，还给了他钱，他感觉自己就像一个二等兵被叫出队列受到长官嘉奖一样。

"萨西布说的大象的舞蹈是什么意思？"最后他柔声问他的母亲。

大托梅听见他的问题后，咕噜了一声："意思是你永远也不可能成为捕象人，你甚至连一头野水牛都捉不到。嗨！前面的家伙，是什么挡了你们的道？"

在两三头大象前面，一个阿萨姆赶象人气冲冲地转过身子喊道："把卡拉·纳格带到前面来撞几下这头小象，要他老实点儿。皮特森·萨西布为什么要选我和你们这群稻田里的笨驴子一起下山？让你的象过来并排走，大托梅，让他用象牙戳小象。以所有山上的神发誓，这些新捕获的大象准是疯

了，要不他们就是闻到了丛林里同伴们的气味。"

卡拉·纳格撞了那头新捕获的小象肋骨几下，灭了他的威风。大托梅说："哪里还有他们的同伴？上次捕猎我们已经把山里的野象都捉光了，赶路时只有你三心二意的。我必须把整个队伍整顿一下！"

"听听他说的话！"另一个赶象人说，"说我们已经捉光了大象？呵呵，你们平原人可真聪明！除了那从没见识过丛林的泥巴脑袋，谁都知道这一季的围猎已经结束了，因此所有野象今晚都会……嗨！我为什么要在一只'河龟'身上浪费口水呢？"

"野象们会做什么？"小托梅喊出声来。

"哟呵，小家伙。原来是你啊！好吧，我告诉你吧，因为你的头脑倒是够冷静的。野象们要跳舞，因为你的父亲说他捉光了山上所有的野象，今晚他可有必要在大象腿上拴两条铁链了。"

"你说的这是什么话？"大托梅说道，"四十年来，我们父子俩一直在照看大象，而且我们也从没听过那些大象会跳舞的蠢话。"

"是啊，平原人住在小屋里，他们也只能看见自己小屋的四面墙罢了。好吧，今晚你别给大象上锁链，你看看会发生什么吧。说到他们的舞蹈，我曾到过那地方，那里……呜哇！迪汉河到底有多少道弯？这里又是一个浅滩！我们必须让小象游过去。站着别动，后面的！"

他们就像这样说着话，吵嚷着，溅着水花过了河，他们第一段行程是赶往一个为接受新捕获的象而建的营地。但在到达营地之前，大象们就已经失去了耐性。他们的后腿被拴在尖木桩上，多出来的绳子就用来拴住那些新捕获的大象。饲料堆在大象们的面前，山地赶象人穿过午后的日光回到皮特森·萨西布身边去了，他们还告诉这些平原赶象人今晚要格外当心，而当平原赶象人问起原因时，他们就大笑起来不说话。

小托梅负责给卡拉·纳格做晚餐。夜幕降临后，他在营地里游荡，心中有种说不出的高兴，他在找一只手鼓。当一个印度小孩心中充满愉快时，他不会到处跑着发出吵闹的声音，而是喜欢坐下来自我陶醉。因为皮特森·萨西布和小托梅说话了！要是小托梅找不到他想要的手鼓，可能会急疯的。好在营地里卖糖果的人借给了他一只用手掌击打的鼓。他在卡拉·纳格面前坐下来，盘着腿，当星星升起来的时候，他把手鼓放在膝上，他敲啊敲，越是想到自己获得的巨大荣誉，就敲得越起劲。他独自坐在大象的饲料中间，唱得不成调，也没有唱词，光是敲着手鼓就能让他很高兴了。

新被捕获的大象们拉紧了拴住他们的绳索，不时地尖叫着。小托梅能听见母亲正在营地里唱着一首非常古老的关于湿婆神的歌谣，她用歌声来哄小弟弟睡觉，湿婆神曾告知所有的动物他们应该吃什么。那是一首非常抚慰心灵的摇篮曲，第一节唱的是：

湿婆，他赐予了丰收，让风儿吹拂，

很久以前的一天，他坐在门口，

给每人一份食物，安排他们的劳作和命运，

从王座上的国王到门口的乞丐。

湿婆，人们的保护神，他创造了一切。

伟大的神！伟大的神！他创造了一切！

他把荆棘给骆驼，把饲料给母牛，

还把妈妈的怀抱给困倦的小脑袋，噢，我的小儿子啊！

　　小托梅在每一段唱词的末尾都加上了一阵欢快的击鼓声，直到他感到困了，伸展开四肢躺在卡拉·纳格身旁的饲料上。最后，大象一头接一头躺下来，这是他们的习惯，只剩下卡拉·纳格还在大象队伍的右边站着。他慢慢地左右摇晃着，当风缓缓地吹过群山时，他的耳朵向前伸展着聆听夜风。空中充满着各种各样来自夜间的声音：竹枝碰撞发出的咔嗒声、地上的活物移动发出的沙沙声、半睡半醒的鸟儿发出的刮擦声和尖叫声，还有从遥远的地方传来的滴水声。这些声音合起来组成了一首宏大的交响诗。小托梅睡了一段时间，当他醒来的时候，月光正闪耀着，而卡拉·纳格依然翘起耳朵站着。小托梅翻了个身，饲料发出了声响，他看着卡拉·纳格巨大的背部挡住了夜空中一半的星星，他边看边听，忽然从远处传来一声比穿针还小的声音，这个声音刺破了寂静，是一只野象发出的叫声。

队伍里所有的大象都跳了起来，仿佛他们都被枪击中了。大象们发出的咕哝声惊醒了熟睡的象夫，他们走出来，用大棒子把那些拴象的木桩敲得更结实一些，又系紧绳索、打好绳结，直到一切都安静下来。一头新捕获的大象几乎把拴他的木桩拔了出来，大托梅解下卡拉·纳格腿上拴的链条把那头象的前腿和后腿连了起来，而在卡拉·纳格腿上仅缠了一圈草绳。大托梅告诉卡拉要记住自己被拴得很牢，这种口令他和父亲还有祖父以前下了上千次。卡拉·纳格没有像往常一样发出"咯咯"声来回应他的命令。他只是静静地站着，透过月光向营地外看，他稍稍抬起头，耳朵张得很开，像扇子，面向着伽罗山层层叠叠的山脉。

"你看着他，别让他夜里又不安起来。"大托梅对小托梅说，然后他就走进小屋睡觉了。小托梅也正要入睡，他突然听见用椰子壳纤维编织的绳子"当"的一声断了，卡拉·纳格悄悄地挣脱了木桩，就像一朵云，飘过了峡谷口。

小托梅光着脚，在月光下沿着大路跟在他身后一路小跑，他压低声音喊："卡拉·纳格！卡拉·纳格！带我和你一起走啊，嗨！卡拉·纳格！"

大象转过身子，在月光下一声不吭地往回走，他回到男孩身边后放下鼻子把他荡到了自己脖子上，小托梅还没来得及把腿放好，他就溜进了森林。

象群里爆发出一阵激烈的鸣叫声，紧接着又是一片寂静，卡拉·纳格继续向前走着。有时，一丛高草刷过大象的两侧，就像波浪冲刷着轮船的两舷；又有时，一串野胡椒藤擦过他的背部，或是一枝竹子碰到他肩头发出"咔嗒"一声。除此之外，卡拉·纳格行走时绝不发出任何声响，他在茂盛的伽罗森林里飘过，就像森林里的一缕轻烟。他在往山里走，尽管小托梅一直透过树枝缝隙盯着星星，但还是辨不清方向。

后来，卡拉·纳格走到了顶峰，停了一小会儿，小托梅看见这里的树梢连成了一片，在月光下绵延了一英里又一英里，苍白的雾气笼罩在山谷中的河流上面。托梅往前凑着看，他感觉森林在他的身下苏醒了，这里充满着生气，各种动物挤成一片：一只吃水果的棕色大蝙蝠擦着他耳朵飞了过去；一头大豪猪的棘刺在灌木丛中咔嗒作响；在黑暗的树干之间，小托梅能听见一头小熊正在温暖潮湿的泥土里使劲地挖着，他一边挖还一边嗅着。

接着，树枝又在他头顶连成一片，卡拉·纳格这一次不再那么安静了，他像一个逃跑的猎物般走下陡峭的河岸，又一下子冲入了山谷。他巨大的四肢像活塞一样稳固，每步能迈出八英尺，大象肘部皱巴巴的皮肤在沙沙作响。他两侧身下的小植物被扯断后发出"噼啪"声，他用肩膀顶到左右两边的小树，而树杈又弹回来撞到他的侧腹上，他左右来回摇着头开辟道路，一大串缠在一起的藤蔓植物垂在他的鼻子上。

小托梅让自己的身体紧紧贴着他，以防止摇摆的大树枝把他扫到地面上，他此刻多么希望自己又回到了营地的象群中。

草地开始变得又湿又软，被卡拉·纳格的脚一踩，就陷下去发出"吱吱

嘎嘎"的声音，夜间来自谷底的雾气冻坏了小托梅。他能听见水花四溅的声音、大象践踏水流的声音以及河水急流奔涌的声音。卡拉·纳格一步步摸索着道路跨过河床。河水在大象腿部的周围打着旋，小托梅听见河的上游和下游都传来更多的水花飞溅的声音和大象的叫声，这声音像是饱含着愤怒的喘息，而透过他周围环绕的雾气，似乎也能看见翻滚起伏的巨大阴影。

"啊！"他几乎叫出声来，牙齿也在打战，"大象们今天都出动了，这就是大象之舞了！"

卡拉·纳格咆哮着走出河流，清理干净鼻子，又开始了再一次的攀登。但这次他不是单枪匹马了，而且也不用再自己开路。已经开辟好的六英尺宽的道路就在他前面，那些被大象踩弯折的灌木丛还想站立起来恢复原样。几分钟之前，一定有许多大象从那条路上走过。小托梅回头望去，他身后有一头巨大的野象，他小猪般的眼睛像燃烧的煤块一样闪光，他正从雾气笼罩的河里走上来。接着树林又合拢了，他们继续走着，往上方攀爬，小托梅的左右两边都伴随着叫声、碰撞声和树木折断声。

最后，卡拉·纳格站在山顶的两棵树之间不动了。那两棵树是由树围成的圈中的一部分，那些树长在一个面积约三四英亩大的不规则场地的周围，在那一整片空地上，正如小托梅看到的，地面被践踏得像砖砌的一样坚硬。几棵树长在空地中央，但树皮已经被磨掉了，下面的白色木质在月光中发出锃（zèng）亮的光泽。藤蔓植物从上面的树枝上垂下来，大朵蜡白色的钟形花朵很快就闭起了花瓣。空地范围内没有一片绿叶，只有被踏平了的地面。

月光照得大地呈现出一片铁灰色，除了自己站立的地方外，大象们的影子像墨一般黑。小托梅看着，屏住呼吸，眼睛几乎要从脑袋里蹦出来，他看见越来越多的大象从树木之间摇摇摆摆地走进空地。小托梅只能数到十，他用手指头数了一遍又一遍，后来都忘了数了多少组十了，他的头开始眩晕起来。他听见从空地之外传来了灌木丛被压断的声音，大象们正从山腰开路攀爬上来，一进入树圈内，他们就像幽灵一样动了起来。

象群中有长着白牙的野公象，他们脖颈和耳朵的褶皱里还夹着落叶、坚果和小树枝；有体态丰满、步伐缓慢的母象，她们的肚皮下还跑着只有三四英尺高、躁动不安、微微泛出粉色皮肤的小象；有刚刚长出象牙、非常骄傲的年轻大象；有瘦得皮包骨的老母象，凹陷的脸上写满焦虑，象鼻如粗糙的树皮；有野蛮的老公象，他从肩部到侧腹满是累累的伤痕，这些都是过去战斗时所留下的，他们在泥浆中洗澡时身上沾着的泥块正从肩头滴落；有一头大象断了一根象牙，腰上还有老虎爪子留下的令人恐惧的深深抓痕。

他们正头对头站着，或是一对一对在空地上来回穿梭，或是好几十头大象自己摇摆着。

小托梅知道只要自己静静地趴在卡拉·纳格的脖子上，就什么事都没有，因为即便是在克达围猎的冲撞和混乱之中，野象也不会用鼻子伸到被驯服的大象脖子上去把骑在上面的人拖下来。况且大象们也没有想到今晚会有人类在这里。有一阵子他们突然跳起来，耳朵前伸，因为他们听到了森林里传来脚链叮叮当当的声音，但那其实是皮特森·萨西布宠爱的母象帕德米妮。她脚上的铁链断了，她咕噜咕噜地嗅着鼻子攀上了山腰。她肯定是挣脱了木桩，从皮特森·萨西布的营地径直赶来这里的。小托梅还看到了另一头大象，一头他不认识的象，那头大象的背上和腹部都被绳索勒出了深深的印记。他一定也是从山里某个人类营地中逃跑出来的。

最后，树林里没有其他大象走动的声音了，卡拉·纳格从站着的树木中间摇摇晃晃地走出来，走到象群中间，他咯咯地叫着，所有大象都开始用自己的语言交谈，并开始走动。

小托梅还是趴得低低的，他看到好几十头大象的宽阔的象背、摇摆的耳朵、晃动的象鼻和转来转去的小眼睛；他听见象牙偶尔交错发出的咔嗒声、象鼻缠在一起发出干燥的沙沙声、象群中巨大的身体和肩膀的摩擦声，还有大尾巴不停拍打的声音和咝咝声。之后，一片云彩遮住了月亮，他浸入了黑暗之中。但那静静的、持续的推挤声和咯咯的声音仍在持续发出。他知道卡拉·纳格周围都是大象，他不可能退出这个集会了。所以他咬紧牙，浑身颤抖着。在克达象场，那里至少还有火把的光芒和人们的喊叫声，但这里，只有他一个人藏在黑暗里。有一次，一个象鼻子还伸上来碰到了他的膝盖。

没多久，一头大象叫了起来，于是他们全都可怕地叫了五到十秒。露水从上面的树上滴下来，就像雨水一样落在小托梅无法看见的大象背上，接着响起了一阵沉闷的隆隆声，一开始声音并不太大，小托梅也分辨不出那是什么声音。后来那声音越来越大，卡拉·纳格也开始行动了起来，他抬起一条前腿，接着又抬起另一条，然后又放下——一二、一二，就像锤子杵在地上一样有规律。此刻，大象们全部一起跺脚，听起来就像是在一个山洞口擂响一面战鼓。露水从树上滴落，直到一滴不剩，隆隆声还在持续。大地开始摇晃震颤，刺耳的声音穿透了小托梅的耳朵，那可是成百上千只笨重的大脚跺地面发出的声音。

有一两次，他感到卡拉·纳格和所有其他的大象一起向前冲了几步，那重击地面的声音似乎变成绿色多汁的东西被压碎的声音，但在一两分钟之后，大象脚跺在结实土地上的隆隆声又响起来了。

在小托梅附近，有一棵树在嘎吱作响。他伸出手去触摸那树皮，但卡拉·纳格向前移动了，他仍跺着脚，小托梅也分辨不出自己在空地的何处。大象们都没有出声，除了有一次两三头小象一起吱吱叫出了声。接着，小托梅听见一声重击和蹭地声，然后隆隆声又开始了。这个过程持续了整整两个小时，小托梅的每一根神经都在疼，但在此刻，他从夜晚的空气中嗅到了黎明已经降临的味道。

晨曦从青山后面一层淡黄的色泽中冲出，而隆隆声随着第一道光线的照耀而停止，就好像那光芒是一道命令。小托梅还没把那声响从脑中消除，甚至还没来得及换一个姿势，他的视线中除了卡拉·纳格、帕德米妮和有绳索勒痕的那头大象之外，其他大象便都消失了，没有任何迹象、沙沙声响或是低叫声表明其他大象都去了哪里。

小托梅睁大眼睛看了又看，那块空地上此时比之前看起来又大了不少。更多的小树立在空地中央，但是四周的灌木和草丛却被压倒在地上。小托梅又看了一次。现在他明白大象踩脚是什么意思了，大象们踩出了更大的空地，他们把茂密的草丛和多汁的藤蔓踩成碎渣，又把碎渣踩成薄片，再把薄片踩成小块纤维，最后把纤维踩进结实的土地里。

"哇！"小托梅说，他的眼皮非常沉重，"卡拉·纳格，象大王啊，让我们跟着帕德米妮去皮特森·萨西布的营地吧，不然我就要从你脖颈上掉下来了。"

剩下的第三头大象看着这两头象逐渐走远了，他喷着鼻息，绕着圈子走上了自己回家的路。他可能是五六十或一百英里外某个本地小富翁的大象。

两个小时之后，皮特森·萨西布还在吃早餐，他的那些在晚上都拴上了双重铁链的大象开始叫起来，肩部以下都是污泥的帕德米妮和脚非常酸痛的卡拉·纳格摇摇晃晃走进了营地。

小托梅脸色灰白，痛苦不堪，他的头发挂满树叶，被露水弄得湿透了，但还挣扎着向皮特森·萨西布敬礼，他虚弱地喊着："舞蹈！大象的舞蹈！我已经看到了，可是我快要死了！"卡拉·纳格蹲下来，小托梅的头一阵眩晕，便从大象的脖子上滑了下来。

但土著小孩是没有神经紧张一说的，两个小时之后，他非常安心地躺在皮特森·萨西布的吊床上，头下还枕着捕猎外衣。他喝了一杯热牛奶，一点儿白兰地还有几滴治疟疾（nüè）疾的药物奎宁。那些毛发浓密、满身刀疤的丛林老猎手在他面前坐了三排，他们看着小托梅，好像他是一个精灵，他用孩子经常用到的简单词句讲述了自己的故事。

　　"现在，假如怀疑我在撒谎，就让人们自己去看，他们会发现大象们已经把他们的跳舞场踩得更大了，他们还会发现有几十条小路通往那个跳舞场。大象们用脚踏出了更大的空地。我看见了。卡拉·纳格带着我，我看见了。卡拉·纳格的脚也非常酸疼了！"

　　小托梅说完后又睡着了，他整个下午都在睡觉，直到黄昏。在他睡着的时候，皮特森·萨西布和马楚阿·阿帕沿着两头大象的足迹翻了十五英里山路。皮特森·萨西布已经捉了十八年大象了，以前他只有一次找到了这样的大象舞场。马楚阿·阿帕已经用不着再去看在那片空地上发生了什么，或者用他的脚尖去刮蹭那片压紧、夯（hāng）实的土地了。

　　"那孩子说的是真话，"他说道，"这些痕迹都是昨晚留下的，我数过了，有七十条小路穿过那条河。你瞧，萨西布，帕德米妮的铁脚链把那棵树的皮都刮掉了！没错，她也来了这里。"

　　他们仔细看了看，都觉得惊讶。因为大象的做法超出了任何人类的想象范围，不管是黑人还是白人。

"四十五年来，"马楚阿·阿帕说道，"我一直追随我的象王，但我从没听说过哪一个人类小孩看到过这个孩子看见的景象。以所有山神的名字发誓，这经历太难得了……我们能说什么？"他摇了摇头说。

等到他们回到营地的时候已是晚饭时间。皮特森·萨西布独自在帐篷里吃饭，但他下令营地的人们宰两头羊和几只鸡，还得准备双倍分量的面粉、大米和盐，因为他将在这里举办一场宴会。

大托梅从平原营地里急匆匆地赶来找他的儿子和大象，他虽然找到了他们，但又似乎很害怕他们。在燃烧的火堆边上和拴着的象群面前，营地的人们举行了一场宴会，而小托梅是整个宴会的主角。那些大个子、棕皮肤的捕象人、追象人、赶象人、拴象人和所有知道如何打败最狂野的大象秘密的猎手们把小托梅从一个人手中传给另一个人，他们用刚宰的野鸡胸脯血在他额头上做了记号，以表明在此刻小托梅已经是一个森林人了，他虽然来自森林又独立于森林之外。

后来，火焰熄灭了，木头发出的红光让大象们看起来就像也在鲜血中浸泡过一样。皮特森·萨西布这四十年来从没见过大象踩出来的路，他说："马楚阿·阿帕，小托梅是如此的伟大。"

克达象场所有赶象人的首领马楚阿·阿帕把小托梅高举起来喊道："听着，我的兄弟们。听着，你们那些围场里的象王，这是我，马楚阿·阿帕在说话！这个小家伙将不再叫作'小托梅'了，而要叫作'大象们的托梅'，就像他的曾祖父之前的称呼一样。人们从没见过的情景，他在那个漫漫长夜里都看见了，他被大象们庇佑着，也得到了丛林之神们的赞同。他会成为一个了不起的追象人，他将来甚至会比我——马楚阿·阿帕，还要伟大！他有着明亮的眼睛用来追踪新的足迹、旧的足迹，还有新旧混合的足迹！当他跑去在大象肚子下面绑住象牙的时候，不会受到伤害；就算他在一头正向前冲锋的公象脚前滑倒，这头公象也会因为知道他是谁而不敢踩在他的身上。嗨！拴在铁链上的象王们，"马楚阿·阿

帕急速地走过拴住象群的木桩，"这个小家伙看过你们在隐藏舞场的舞蹈了。那场面还从没有人类看过！赐予他荣耀吧，我的象王们！敬礼吧，我的孩子们。向大象们的托梅致敬吧！钢加·帕夏德！希拉·古奇！伯奇·古奇！库塔·古奇！啊哈，还有帕德米妮，你已经在大象的舞场见过他了！还有你也是，卡拉·纳格，你是象群中的珍珠！啊哈！一起致敬吧！向'大象们的托梅'致敬！"

随着最后那声狂野的叫喊，大象们都甩起了鼻子，然后爆发出了高亢的致敬声、压倒一切的大象鸣叫声。那来自克达象场的致敬声只有印度的总督能听见，而这一切都是为了小托梅，因为他看见了以前从没有人见过的景象：象群在夜间的神秘舞蹈，况且当时的他还是孤身一人处在伽罗群山的中心地带。

湿婆和蚱蜢①

湿婆，他赐予了大地丰收，让风儿吹拂，

很久以前的一天，他坐在门口，

给每人一份食物，安排他们的劳作和命运，

从王座上的国王到门口的乞丐。

湿婆，人们的保护神，他创造了一切。

伟大的神！伟大的神！他创造了一切！

他把荆棘给骆驼，把饲料给母牛，

还把妈妈的怀抱给困倦的小脑袋，噢，我的小儿子！

他把小麦送给富人，粟米拿给穷人，

把残羹（gēng）剩饭给沿家乞讨的圣人。

把战斗给老虎，腐肉给鸢鹰，

把碎皮和骨头给夜里墙外的恶狼。

他不让谁太骄傲，也从不看轻谁。

神妃帕婆提在湿婆身边看着他们来来往往，

她想欺骗她的丈夫，就对湿婆开了一个玩笑：

她捉了一只小蚱蜢，藏在自己的胸口。

于是她骗过了他，骗过了保护神湿婆。

伟大的神！伟大的神！回头看啊。

---

① 这是小托梅的妈妈唱给宝宝的歌。

高个子的是骆驼，笨重的是母牛，

但这是一只小昆虫，噢，我的小儿子！

当施舍结束，神妃笑着说：

"无数动物的饲主啊，你还有没有没喂到的？"

湿婆笑着答："所有动物都分到了自己的一份食物，

就连他，藏在你胸口的那个小家伙。"

神妃帕婆提从胸口摸出蚱蜢，

她看见这只小小的昆虫也在咬一片新发的叶子！

她看见后惊讶又好奇，她忙向湿婆致敬。

是谁给了所有活着的动物食物？

湿婆，保护神，他创造了一切。

伟大的神！伟大的神！他创造了一切！

他把荆棘给骆驼，把饲料给母牛，

还把母亲的怀抱给困倦的小脑袋，噢，我的小儿子！